The Last Book in the Universe

〔美〕罗德曼·菲尔布里克 著 林静华 译

晨光出版社

PREFACE
前言

书写和阅读当与人类同在

　　一个没有人书写也没有人阅读的世界，将会是什么样子呢？美国著名儿童文学作家罗德曼·菲尔布里克撰写的《宇宙最后一本书》，以科幻冒险故事为载体，向我们展现了这样的一种可能。

　　人类高度发达的文明被一场巨大的地震所毁灭，劫后余生的人类分化成了两个群体。少数经过基因改良的人被称为普鲁人，他们生活在美丽的伊甸。那里宛如天堂，环境优美，人们完美而富足。而另一部分普通人则生活在地狱一般的废墟——厄布之上。那里环境恶劣，一片混乱，帮派盛行，人们都在痛苦中挣扎求生。整个世界已没有书籍，也没有人记得书是什么模样。普通人习惯了用一种方便快捷的大脑探针来获取信息。而这种大脑探针实际上与慢性毒药无异，人们因此忘记了过去，也看不到未来。

　　故事就发生在这样的背景之下，以憨头在莱特、五岁的孤儿小脸以及来自伊甸的美少女拉娜雅的协助下，冲破重重险阻，抢救生命垂危的小妹妹豆豆为主线。惊险刺激的故事情节，引发读者重新思考书籍的力量与意义。

　　书中的人物饱满鲜活，故事情节扣人心弦，且有着深刻的内涵。

宇宙最后一本书 The Last Book in the Universe

  关键人物莱特，是废墟中仅存的作家。他始终坚信书写可以唤起人们对于美好世界的记忆，从而使人类走出困境，尽管他最终因此成为理想的殉道者，但他仍旧微笑着面对。有人会继承他未竟的事业，从这个意义上来讲，他会在书籍里获得永生。

  主人公憨头，是一个十二岁男孩，患有癫痫病，自幼遭受父母遗弃。由于生活环境所迫，他沦落成街头混混。但是，他内心深处那盏善良的灯火却从未熄灭，他的心中始终有爱。在经过闯关历险、在伊甸的短暂逗留，经过莱特潜移默化的影响之后，憨头的灵魂实现了彻底的蜕变，他不再是憨头，不再是混混，而是化身为莱特（作家），在荒芜的世界中坚信书籍的力量，用文字传递文明、传播爱，相信文字能够改变未来。

  另一个不容忽视的人物是拉娜雅，基因改良人，美少女。一次遇险，一个机缘，使她走进了普通人的心灵世界，她开始重新审视自我，审视自己的同类，那不曾磨灭的人类之爱，开始在她的心中闪光。她是普鲁人的准领袖，她代表伊甸的未来，或许有一天，她会用自己的包容精神和爱来化解普鲁人与普通人之间的隔阂。在小说的结尾处，拉娜雅在给憨头传递的消息中说："未来属于我们！"这句话的意义非凡。

  《宇宙最后一本书》留给我们的思考将是多方面的，但相信每个读者都会得出这样一个共识：人类需要通过书写和阅读来传递美好、传播爱，书写和阅读当永与人类同在！

CONTENTS
目 录

第一章　他们叫我憨头 …………………………………… 1
第二章　被迫做盗贼 ……………………………………… 4
第三章　还保有记忆的人 ………………………………… 12
第四章　天蓝色眼睛的女孩 ……………………………… 17
第五章　比利·毕兹莫的三条规矩 ……………………… 23
第六章　关于豆豆 ………………………………………… 27
第七章　最坏的消息 ……………………………………… 34
第八章　闪电的味道 ……………………………………… 44

第九章　边缘摸索，祸福难料 …… 54
第十章　猴男来袭 …… 63
第十一章　伟人猛哥 …… 71
第十二章　闭关的祸患 …… 79
第十三章　再赶一程才能歇息 …… 85
第十四章　搭救美少女 …… 92
第十五章　飞越雷区 …… 103
第十六章　蛮鞑关女王 …… 109

CONTENTS
目 录

第十七章　盲目地寻找探针 …………………………………… 115
第十八章　杀手的记号 ………………………………………… 125
第十九章　任由酸雨腐蚀 ……………………………………… 134
第二十章　豆豆的信念 ………………………………………… 140
第二十一章　宛如死亡的睡眠 ………………………………… 148
第二十二章　恐怖的高速引擎 ………………………………… 151
第二十三章　如果世界是蓝色的 ……………………………… 157
第二十四章　电脑说什么 ……………………………………… 166

第二十五章	思考未来	174
第二十六章	豆豆醒来了	181
第二十七章	小脸说话了	187
第二十八章	他们在苹果树上找到我们	195
第二十九章	向伊甸说再见	201
第三十章	喷气式脚踏车的声音	212
第三十一章	恐惧本身	217
第三十二章	宇宙最后一本书	224
第三十三章	不再憨头	227

宇宙最后一本书
The Last Book in the Universe

这是宇宙最后一本书，
拿到它，
说明时间已经过去了一千年……

第一章

他们叫我憨头

当你读到我这本书的时候,想必时间已经过去一千多年了。因为我们这里的人早就不读书了。既然用大脑探针便能解决一切,又何必阅读呢?

大脑探针是什么东西呢?大脑探针是一种方便快捷的获取信息的媒介。只需要一个小小的针头,就可以把所有影像和刺激直接灌进你的大脑,自由随意,而且活灵活现。这里有各式各样的大脑探针,比如时尚流行的、武打的等等,应有尽有,随你挑选。武打指的是江湖争霸,时尚流行的指的是"伊甸"的生活图景。无论哪类探针都会给你身临其境的真实感,让理想与现实、虚拟与真实零距离!大脑探针真的太棒、太方便了!

他们都说用探针输入胜过一切,这我可不知道,因为我有个严重的病症——对电子探针过敏。只要探针一插进我的大脑,过敏就马上严重发作,然后……我的整个脑子里就会成一团糨糊,变得糊里糊涂。

因此他们都叫我"憨头",我知道那是对脑子不灵光的蠢货的称呼,但我不在乎,而且永远都不会在乎了。现在,我正对着一个老旧的语音输入程序说话,它会把我的话印出来。里面有我听过的、见过的和亲身经历过的各种故事。

我本来和养父母还有一个叫豆豆的妹妹生活在一起。但那是过去的事情了。算了,不提了。莱特说得好:人不能总向后看,否则一定会在前面栽个大跟头!

可以说,莱特改变了我的人生。如果你能读到这篇文字,或许他已经改变了全世界。莱特是个"老掉牙"(我们这里对老人的称呼)。他实在太老了,胡须和骨头一样白,牙齿都快掉光了,皮肤又老又皱,而且还很薄,对着光都能看透。

我是这样认识莱特的。有一天,霸王关的关主命令我抄莱特的家，我心里很清楚，这不是好事儿。但是我也明白，我必须服从命令，不然的话，我的小命就玩完了。没办法，我只好硬着头皮去找莱特。

第二章

被迫做盗贼

我被养父母赶出来后,无依无靠。霸王关的关主大发慈悲,收留了我,给了我一个勉强容身的小窝。就这样,我留在了霸王关。就这样,我不得不服从关主的命令,听之任之。

莱特居住的收纳箱在偏远地区,紧靠着输水管道。这条输水管道现在早已废弃了,但在从前,听说它每天输送数十亿加仑的水到厄布,那可是新鲜、干净的水,能够直接饮用的水呢。我觉得这不是真的,就和许多过去的故事一样。所谓"过去",指的是大地震以前,听说那时候的一切都很美好，人人都丰衣足食。

我觉得过去只是一个美好的幻想，就好比：我的亲生母亲是个有钱的普鲁人，我的亲生父亲是个关主，将来有一天，他们会来拯救我，带我到伊甸去生活，从此过上幸福快乐的日子。是啊，不错，这种事只有在时尚流行的那一类探针里才见得到，现实生活中是没有人会来拯救你的。

再来说说收纳箱。收纳箱不是私有财产，不过，假如你在里面蹲久了，我想你也可以称它是"家"。收纳箱有十个水泥箱摞在一起那么高，每一横列有一百个。听说过去人们是用这些箱子来存放东西的，但现在只用来存放那些没用的人——各式各样的白痴，还有就是像莱特那样的老掉牙。

收纳箱的味道，从很远的地方都能闻到。因为那里没有下水道，住在里面的人只好像牲口一样随地大小便。奇怪的是，乍一看，那里好像没人居住，附近这间老旧的厂房，很久以前就倒塌了，生锈的钢梁和破砖烂瓦堆积了一地，如果不从上面踩过去根本无法通过。我听到老鼠吱吱的叫声和奔逃的声音。按说，有老鼠的地方就一定有人，可是他们都在哪里呢？

原来是躲起来了。当我走近时，只见一张脏兮兮的小脸正从一段破墙后面偷看,然后是一声呼啸——警告信号,接着是一阵窸窣的匆忙躲藏的声音,好像很害怕的样子。也许是怕我会打他们,或者比这还糟——这其实更接近事实,尽管我不愿承认。我并没有公开地和霸王关的人混在一起,但不知为什么,关主比利·毕兹莫听说我没有家了,就大发慈悲,说给那个憨头小鬼一个房间吧,他们就给了。或许,仅仅是因为我长得和他有点像吧。

之后,我就迷迷糊糊地被训练成了他们的帮手。很厉害的!虽然我心里很清楚,这样对那些比你还穷的人是件非常令人羞愧的事,但我又不得不这样做,因为我要是不服从关主的命令,他们就会要了我的小命。

因此,我别无选择。

那张小脸又从破墙后面探出来,用他那对充满畏怯的大眼睛看着我。我冲着他大声喊:"嘿,别动!"他真的就不敢动了。

他只是个小孩儿,大约五岁,不过沾在他脸颊上的污垢,倒像有一百万年之久了。我弯腰仔细端详他,只见他脸上有两条清晰的泪痕。我心里忽然感到有点难过,尽管我并没有伤害这个小家伙,或抢他的东西。

"嘿!"我压低声音说,"你会不会说话?"

小脸木然地点点头。

我再次降低音量,温和地说:"你要不要巧克力?你只要带我去莱特的收纳箱就行,你知道他住在哪里吗?"

我从口袋里掏出一条巧克力,剥开包装纸给他看,但他脸上的表情显得更畏怯了。我掰开一半巧克力给他,温和地说:"吃吧,不要怕,我不会害你的。"他畏缩了一下,我这才明白,原来,他从来没有吃过巧克力,以为那是毒药。我掰下一小块放进嘴里:"嗯……真好吃!"他这才含了一小口,然后一脸紧张地等着它爆炸。当香浓柔滑的巧克力在他口中化开时,他终于停止了哭泣。

"我说过很好吃的。"我轻轻地说,"那个叫莱特的老头儿呢?在哪里可以找到他啊?"

小脸带我走过一排又一排收纳箱,他没说一句话,只顾着吸吮巧克力,或者是吓得不敢开口。当我们走到某一排收纳箱时,他停了下来,站在那里。

我说:"就是这里?"

他也不说是,掉头跑开了。

底下一排的收纳箱中有一扇门开着。通常,要抄家的话,你只要把门一脚踹开就得了。呃,这到底算什么,谁也不会细琢磨。不过这会儿门是开着的,仿佛住在里面的家伙在说，请进，进来抄吧。这倒让我感觉心里有点不安，万一里面的人反抗，挨顿打可就惨了。

结果，这个傻子果然在里面等候，但他没有反抗。他是名副其实的老掉牙，头发和胡子全白了，只有一双眼睛依然炯炯有神，仿佛从他的心灵深处发出亮光。他身上披着一件松松垮垮、破破烂烂的长袍，是用许多破布缝缀在一起的，看起来，他比许多街头游民还穷。

"你好啊，年轻人。"他说，"欢迎光临寒舍。"

他就坐在这个用来当书桌的破旧板条箱后面，双手支着下巴颏儿，用他那对老迈却发亮的眼睛望着我，神情泰然自若，似乎一点也不在乎被抄家。

"寒舍"想必是过去对收纳箱或烂窝的称呼，但我可不想多费唇舌，我只想进去拿到他藏的东西，然后走人。

这时我才注意到，他把全部家当都整齐地排列在门口，一副准备出远门的样子。

"我正在恭候大驾。"他说，"这里的消息传得很快，我猜你一定是霸王关派来的使者。"

我只好点点头。

"进来吧。"他热情地说，"不要客气。"

我有点愣神儿："啊？"意思是：你是怎么啦，脑子进水了吗？你想被踹吗？你想被抄家吗？你脑子坏掉了还是怎么着？但我只说了"啊"，因为深层的意思莱特什么都明白。

"我听说霸王关不要我了。"他说，仿佛没什么大不了，"早晚都要发生的事。你自己动手吧，孩子，所有值钱的东西都在门口了。"

他指着一个购物袋，里头只有几件破烂：一个老旧的液晶显示闹钟；一只古老的棒球手套，是用塑料一体成型做成的；一台迷你电炉，电线整整齐齐地收卷着。没几样东西，但也够在当铺卖几个钱了，比以往在收纳箱的收获要好一些。

"来啊。"他说着，朝我挥手，"拿去吧。"

要是平常的话我会直接去拿，但是这一次有点不寻常：他竟然把迷你电炉的电线收卷得整整齐齐，明知要被抄了，还那么费心，难道其中有诈？

他似乎看穿了我的心思，因为他的下一句话是："这并不是我第一次被踹，所以我想这样对你我都好。来吧，拿去，统统拿走吧。"

"是吗？你还有别的东西吗？"我瞪大眼睛仔细盯着这个老掉牙。他一定还藏着什么东西，谁都想藏点东西的。

他对我微微一笑，这一笑使他那布满皱纹的老脸现出几分光彩，感觉上有点怪，好像不管发生什么，他都要找点借口笑一笑。"你凭什么认为我还有别的东西？"

　　这时我才发现他的板条箱底下果然有一堆东西，他就坐在那堆东西前面，满怀希望我没看见。"这是什么？"我有点得意地问。

　　"不值钱的东西。"他说着，假装打个哈欠，"只不过是一本书而已。"

　　哼，我就知道他在说谎！

第三章

还保有记忆的人

我说:"别骗人了!书都存放在图书馆内,你以为我不知道啊?"

那个叫莱特的人张了嘴却没有说出话来,仿佛我说了一句什么重要的话,使他陷入了沉思。"有意思。"他说,"你还知道那些叫'书'的东西过去都存放在图书馆,那是早在你出生以前的事了,你是怎么知道的呢?"

我耸耸肩,说:"还不是听来的,小时候听人说过一些大地震以前的事。"

"你还记得你听来的每一件事吗?"

"记得不少。"我说,"谁不是呢?"

老掉牙笑出声来:"没几个人了,大部分的人都不记得了,他们的大脑都被探针扎糊涂了,记不住太多东西。长久的记忆是过去才有的事,不是现在那种有目的的输入。现在只剩下少数几个还记得书的人,就是像我这样的老家伙。不过,显然又多了一个你。"

现在轮到我思考了,我明白他在说什么。我的脑子里装了许多旧东西,而这些旧东西已经被许多人遗忘了。

"你还记得什么?"莱特问。

"关你什么事?"

老掉牙看我一眼,仿佛想把我或什么事记住。"记忆对一个作家来说非常重要,你必须先记得发生过的事,然后才能把它写在纸上。"

"把什么写在纸上?你在胡说些什么啊?"

他从板条箱内他企图藏匿的那堆东西当中,取出一张纸,上面写满了小小的黑色符号。我拿过来凑近眼前,想看清楚纸张里面究竟藏了些什么东西,但我看到的只是一堆像臭虫脚印般的符号。

"我以前是个语音输入作家,后来语音输入机被抄走了,"莱特说,"所以我又回到原点,像过去的人那样,用

手写下每一个字，虽然原始，倒也行得通。"

我惊奇地问："可是，你这是干吗？你在你的书中写了些什么？"

莱特注视我好一会儿才说："抱歉，孩子，那是我个人的事，我只能告诉你这么多：我的书是我这一生的作品。"

"你是在白白浪费时间，"我对他说，"现在没有人读书了。"

莱特悲伤地点点头："我知道，不过将来有一天，情况也许会改变。假如真有那么一天，他们会想知道一些故事和一些经验，一些不是来自大脑探针的故事和经验。人类会再次想要读书，总有那么一天。"

"他们？"我问，"他们是谁？"

"那些生活在未来某个时代的人。"他说。

那些生活在未来某个时代的人。不知道为什么，他这句话令我脊背发凉，因为我从来没有想过未来。身在霸王关，根本就不可能想到未来。我只有那么一个勉强容身的地方，而且只有眼前这一刻。未来对我来说，就像月球一样遥远，我不可能期待到达那里，也想象不出那里是什么样子。如果你不能触摸它，不能走进它，那它对你来说还有什么意义？

"你的故事呢，孩子？"莱特问，仿佛他真的很想知道。

我冷冷地说："我没有故事。"

几乎不等我开口,他便摇头,似乎他早已知道我会说什么,因而迫不及待地反驳我。"每个人都有一些故事,"他坚定地说,"你的生命中总有一些只属于你自己的东西,只有你自己才知道的秘密。"

当他说出"秘密"这两个字时,一股寒气从我的后背一直冲上脑门,我的大脑一阵麻痹而冰冷,因为我确实有些不想回忆的往事,更不愿意说给任何一个老掉牙听。

"你太过分了!"我愤怒地说,"你就像蟑螂一样疯狂!我走了!"

我走之前,他还执意要我带走他的东西,迷你电炉、液晶显示闹钟,他的所有破烂家当。

"你会需要这个。"他说,"我知道它在关里有利用价值。"

于是我拿走他的破烂家当。我抄了这个老家伙的家。我的心里很难过,于是,只好这样安慰自己,我再也不会见到他了。如果你看不见一样东西,实际上就等于它不存在。是这样吗?

真的是这样吗?

第四章

天蓝色眼睛的女孩

在回我的小窝途中，我遇见一位普鲁人，被她吓得半死。

当时我正要穿过"麦西商场"，这个麦西商场过去曾经摆满做生意的货摊，听说每个货摊都堆满了珠宝和漂亮的衣裳，还有一些神秘的小东西，以及其他各种各样的杂货。还听说有的货摊有一万种样式繁多的巧克力，不像现在单单只有一种。也许有关巧克力的传说是个谎言，不过我愿意相信。麦西商场现在仅存的少数几个货摊，都被铁丝围篱保护着，而且假如你没有值得交易的物品，还会被技术安全警卫用电棍痛打一顿。

当一辆太空车驶近时,我离那个货摊还有一段距离。"太空车"是"都市太空车"的简称,是一种靠电脑驾驶的重武装交通车,也是普鲁人在厄布各地往来的交通工具。如果仔细观察,你就会发现普鲁人是一种基因改良人,他们才是这个世界的主人,至少是伊甸这个地区的主人。

你一眼便能认出普鲁人。他们不仅身材很高大,模样漂亮,而且一副身强体健的样子。另外一种辨认普鲁人的方法是他们看你的眼神,当普鲁人见到你时,他们会不由自主地打寒战,他们会全身起鸡皮疙瘩。这是因为作为普通人的你,令他们想起自己还不是那么完美的从前。我猜假如你是普鲁人,光是想到"不完美"这个词,就会让你想吐。

一大群"技安"("技术安全警卫"的简称)跳下太空车,他们总共有六个人,都用植入式的耳机互相通话。当他们各就各位清完场后,太空车门打开了,走出一个普鲁女孩,她穿着一件亮闪闪的白礼服,那礼服看上去似乎是透明的。她有一双漂亮的天蓝色眼睛,完美无瑕的皮肤,一头短发闪耀着太阳的光芒。

我目不转睛地望着她,因为你很难从普鲁人身上移开视线。看着她,我感到一阵揪心的疼痛,感到自惭形秽,觉得自己应该躲起来，避开她那双完美的眼睛。但我没有躲藏，因为没有地方躲藏。不知道为什么，她竟注意到我。她举起一只手贴近脸颊，摸着她那完美的耳朵，用植入式耳机和技安通话。

我心想，快跑，小子！光是看看，他们就会把你电晕。但是一名技安忽然走到我后面，我来不及跑了。

"别动！"他命令我说。我乖乖听话。和大多数技安一样，他脸上也戴着防护面罩，所以我看不见他的表情。他会用他的电棍击昏我吗？我抱着嗡嗡叫的脑袋，只盼他下手时不会引发我的痉挛。"跟我来！"

他带我来到那个普鲁女孩面前。普鲁人竟会允许普通人接近，这是从来没听说过的事，但这竟然是真的。我发现那个普鲁女孩很年轻，也许和我一般大。普鲁人脸上不大会有皱纹，因为他们的皮肤基因改良了，不过，如果你靠得够近的话，依然可以看出他们是年轻还是年老。眼前这个肯定是年轻的，说不定只有十四五岁。她的牙齿洁白无瑕，不像普通人那样有黄板牙。不知道是不是所有的普鲁人的牙齿都这么洁白。

"你有名字吗？"她问我。

我很想说，你以为呢？只因为我们不完美，就没有名字了吗？但是我的喉咙像被掐住了，只能从嗓子里发出"憨头"两个字。

"憨头。"她说，仿佛把这两个字放在舌头上细细品尝，不确定喜不喜欢。"好奇怪，你们这些人都取这么奇怪又有趣的名字。"说着，她指着其中一名技安说，"给他补给。"说完便转身走进商场，仿佛已经忘了我的存在。

另一名技安用电棍戳我的背，电流调得很低，不至于把我电昏。"别看了，你！"他呵斥我，"你的眼睛是脏的！"

我自问我的眼睛没什么不对，但我还是听他的话，不再看那个漂亮的普鲁人买东西。那个技安又递给我一个小塑料袋，里面有蛋白质块、汽水奶昔、巧克力等等。他的动作让我感觉这个普鲁女孩经常送东西给普通人，好让她自己觉得更高人一等。

因为这个，我应该厌恶她才对，但我没有。当你接近一个普鲁人时，你根本不可能厌恶他，因为你喜欢他都来不及，你巴不得和他们一样，你也想要完美。如果你也是个基因改良人，你的举手投足一定和他们一样，想法也和他们一样，你也会有天蓝色的眼睛和阳光般灿烂的头发，坐着太空车遨游世界，绝不会接触到任何肮脏破烂的东西。

等你在丑恶危险的厄布玩腻了，你又可以回到伊甸过着幸福快乐的日子。

我呢？我只能回到我居住的地方——克里普斯。

我的小窝又小又暗，地上铺着一大块海绵，那不是真正的床铺，但强过没地方睡觉或到处游荡，虽然我的门也没办法从里面上锁。

克里普斯有个规定——不得锁门。因为霸王关的人随时都会进门。他们什么都要，但是不知为何，他们允许我保留一台老旧的 3D 机，旧归旧，还是比没有强。除了我以外，如今再也没有人爱看 3D 影片了。当你可以用注射的方式，让新颖的探针插进大脑，把整部影集直接灌进脑子里，使你如同身历其境的时候，谁还愿意浪费时间去看那落伍的全息图[1]电影？

我把老头儿的东西往墙角一甩，打开机器，开始看这部我已经看过不下一千遍的 3D 影片。男主角科莱·里金斯历尽千辛万苦穿过太阳系，走遍一个接一个行星，寻找那个美女，而美女却以为他已经死了，正准备嫁给另一个男的。其实这是个严重的错误，因为那个男的正是多次企图杀害科莱的坏人。当你读到这里的时候，如果老 3D 机还在

---

[1] 全息图（hologram）：以激光为光源，使用全景照相机将被摄体记录在高分辨率全息胶片上，产生的立体影像，即为全息图。

的话，说不定你也看过这部影片。万一没有，相信我，它可真是个精彩的故事。通常我很快便能融入剧情，兴致勃勃地假装我和科莱·里金斯一样伟岸、强壮和帅气，但是，今天我却无法集中精神，相反地，我一直在想那个老头儿，还有他说的"那些生活在未来某个时代的人"那句话。

说不出为什么，"未来"这个念头一直盘踞在我的脑海中。未来，就像一段还没有开始的时间，就像一个住着许多还没出生的人类的世界，就像做着没有人能想到的事情。

同时，我也不断想起那个有着天蓝色眼睛的普鲁女孩。不知道为什么，我老是把她和收纳箱里发生的事搅在一起，尽管我明知她和那个叫莱特的老掉牙毫无关系。

我吃了一点普鲁女孩给我的东西，味道比起我从食物贩卖机上买来的蛋白质块好多了。但我还是不由自主地想起莱特，想他说的"你的生命中总有一些只属于你自己的东西，只有你自己才知道的秘密"。

我不明白他怎么会知道。这件事难道和那堆他称作"书"中的臭虫脚印记号有关吗？但有件事我知道：我早晚会回收纳箱那边弄个明白。

第五章

比利·毕兹莫的三条规矩

霸王关的人闯进我的小窝时，我睡得正熟。

"憨头！憨头小子！醒醒！"

他们踢翻我的东西，察看那些物品，其中一个人在翻弄普鲁女孩给我的食物时，被比利·毕兹莫打了一巴掌。"不要碰！"比利说着，对我咧嘴一笑，"你是不是和我们一伙的呀，憨头小子？你是跟我们一路，还是反对我们呢？"

"我跟你们一路。"我小声回答，还没搞清楚是怎么回事。

我正在做一个有关科莱·里金斯勇救普鲁女孩，或者普鲁女孩搭救科莱的疯狂而又混乱的梦。不知道我什么地方引起了比利·毕兹莫的注意，因为你永远不知道他心里在想什么，这也是他之所以危险的众多原因之一。比利有着又长又尖的鹰钩鼻，一头卷发活像生锈的铁丝刷，一口黄板牙，脖子和下巴上有几道淡淡的疤痕。

"这就是从收纳箱那边拿来的垃圾？"他问我，尽管他早已知道答案，"他就这些东西了，那个叫莱特的老家伙？你确定他没有藏匿任何值钱的东西？没有别的了吗？"

"他不过是个老掉牙，"我故作镇定地说，"就这些东西了。"

我不敢相信我会对比利·毕兹莫撒谎。但是谎话一出口，要收回已经来不及，何况比利似乎对那包吃的东西更有兴趣。

"哪儿来的？"他说着，举起一盒汽水奶昔。

我把遇到普鲁女孩的经过告诉了他。

"她给你补给品？"比利说着，一面寻思，"为什么是你，小子？为什么偏偏是你？"

我耸耸肩，"因为我刚好在场吧，我猜。"

"你的意思是，这个普鲁女孩到处找人救济？"

"什么叫救济，比利？"

"不管它了。那你和她说了什么？把你所说的一五一十地告诉我。"

"她问我叫什么，我告诉她了。"

"告诉她什么？你的名字？"

"是啊。"

比利蹲下来注视我的眼睛，看我有没有说谎。尽管我说的都是实话，可是连我自己都觉得我是在说谎。比利让人畏惧的地方不是他的身材，而是他的眼睛。他的眼睛有时候明亮有趣，让你忍不住想取悦他；有时候又冷酷至极，会吓得你以为快没命了。他就是这样高深莫测的人。

"嗯……"他说，"我听说过这个普鲁女孩，她是个拾烂人，你知道什么叫拾烂人吗，憨头？"

"不知道。"我只好承认。

"拾烂人就是喜欢和我们这些人混在一起的普鲁人，喜欢找伊甸没有的刺激来过瘾。你知道普通人如果和普鲁人来往，被其他普鲁人发现了，会有什么下场吗？"

"不知道。"

"禁忌，憨头小子，他们不会对你客气的，所以你最好离那个普鲁女孩远一点。要是再见到她，你就赶快逃命。我的话你信不信？"

"信。"

"好孩子，永远相信比利，那是第一条规矩。那么第二条规矩呢？"

"永远服从比利。"我说。

"好极了！第三条规矩呢？"

"永远对比利说实话。"

"太好了！"他表现出很满意的样子，但我不确定他是真的满意，还是在演戏，"不赖啊，憨头小子！继续保持下去，小鬼！遵守比利的规矩，也许你就可以和你去抄的那个老掉牙一样活那么久。"他把普鲁女孩给的汽水奶昔递还给我，"拿去吧，"他说，"好好享受伊甸的味道。"

过了一会儿，他们都走了，我独自一个人留在小窝里。不知道为什么，我在发抖。不，不为别的，只因为我对比利·毕兹莫撒了谎。我坏了他的规矩，一旦被他发现，后果会不堪设想，但是禁止我离开克里普斯一步。他们称这种人为"不受欢迎的人"，换句话说，你将会露宿街头，单打独斗，并且没有一个遮风避雨的地方。

不是丧命就是不受欢迎。我不知道哪一种惩罚更凄惨，也不想知道。

第六章

关于豆豆

为了免受那可怕的惩罚,这一天稍微晚些时候,我又来到了收纳箱。我本来想把那个老掉牙家抄得一干二净,拿走他那堆毫无用处的纸,那堆他美其名曰"书"的垃圾,然后交给比利·毕兹莫,但我终究没这么做。

这次,小脸老远见到我便兴高采烈地喊"巧克力",并伸出他乌黑的双手。

我轻轻地问:"你还会说别的话吗?"

他摇头:"巧克力!巧克力!"

我从袋子里掏出一条巧克力给他,他大口吞下去,又伸出双手。

"你知道路,"我对他说,"带我去找莱特,我才给你。"

于是小脸和先前一样,带我走过一排又一排的收纳箱。

老掉牙站在门口,他在等我。

"不必惊讶,"他含笑说,"坏消息在这一带传得特别快。"

不知道为什么,这句话让我感到很不安,他竟然说我是"坏消息"。当然,话是没错,我又来到收纳箱本来就是坏消息。可是他一脸的期盼,仿佛料定我将会证明他的判断错了,仿佛我已经把抄他家当的计划抛到九霄云外了。

今天先不抄了,我这样想,改天再来偷他那莫名其妙的"书"。

"进来吧。"莱特说着,往旁边一让,"不要客气。"

他那苍老的灰色眼睛里又现出那样的神情,仿佛他知道某些我不知道的秘密。但不知道为什么,我并不气恼,只是激起了我的好奇心,我也想知道,他到底知道些什么。他看到我脸上的表情,说:"出事了,是霸王关?他们要对付我?"

我摇头,"没有。"

"没有。"他沉吟道,"谢谢你对我说实话,要是你说'没什么好担心的',我会知道那不是实话,我这个人一向喜欢听实话。"

对，我心想，就像比利·毕兹莫。

收纳箱里凉爽而阴暗，当然也不可能有家具，因此我盘腿坐在地板上。老头儿坐在他用来当书桌的木箱上。我看不清他的脸，他身上破旧的宽袍却使他看上去更加单薄，仿佛他的躯体已迷失在宽大的衣服中。

"我一直在想你，"莱特说，"想你的故事。"

"我说过了，"我说，"我没有故事。"

他转头过来，我看见他的眼睛了，一双大而苍老但又慈祥的眼睛。"你真正想说的是，你没有一段值得谈论的故事，"他和蔼地说，"这个你就留给我来评断吧。"

我想站起来大声说，他没有权利告诉我我真正的意思是什么——他凭什么自以为了解那么多？但我只是坐在那里，嘴巴抿得紧紧的，好像从内心深处承认他的话是对的。

"从头开始讲吧。"他说，"你记得的第一件事是什么？"

第一件事，那简单。我有个妹妹叫豆豆。事实上，豆豆不是我的亲妹妹，我们没有血缘关系，但一开始我不知道，我也不知道凯依和查理并不是我的亲生母亲和父亲：那都是我长大以后才知道的事。豆豆出生时，我大约四岁，那是我所记得的第一件事。

她那瘦小的脸蛋包在一块柔软的毛毯中，一双斜视的眼睛和小巧的嘴唇挤在一起，仿佛刚刚吸了一个柠檬。她身上散发出一股温暖的乳香。一个小婴儿——才出生几天吧。但我真正记住的是我注视她的那一刹那，她的小脸蛋绽开笑容，一只小手伸出来想抓我的鼻子。就是这样，从那一刻起，我就喜欢上了豆豆，而且始终没变，不管发生什么事情，包括后来的一切不幸，以及因为她而使我被那个家庭抛弃，都丝毫没有减少我对豆豆的喜爱。

"这么说，你是个弃儿，"莱特说，"豆豆是你的养妹。"

"什么是弃儿？"

"那是从前的一种说法。"他说，"不过很贴切，好比你是在路边被人捡到后收养。你知道你的身世吗？你的生母与生父？"

我耸耸肩，意思是"无所谓"。知不知道都无所谓，反正没有人会要一个憨头孩子，这点谁都明白。

"现在不去管那个部分了。"莱特说，"再多说一点你的妹妹，告诉我豆豆的事吧。"

关于豆豆的事，有一点非常重要，那就是她看人只看善的一面，从不看恶的那一面。尽管我的养父人还不错，但也有恶的一面，是豆豆始终看不到的，仿佛她已把"恶"这个字从她的心头剔除了。所以当我的癫痫症第一次发作时，查理便认定我会越来越危险，而那个病症搞不好也会传染给豆豆。但是豆豆却不认为会有那么一天。

当查理终于忍不住告诉我，我必须离开，说我再也不是这个家庭的一份子时，豆豆抱着我，说那不是真的，他不是这个意思。但是她错了，查理把她从我身上拉开，还打了她一巴掌，用难听的话骂她，那些她听不懂的话，那些谁都不该听到的话。

"查理心里在想什么？"莱特想知道，"他怕你会伤害豆豆，是吗？"

"我不知道他心里怎么想。"我说，"我永远都不会伤害豆豆，虽然我们没有血缘关系，但在我心里她永远都是我妹妹。"

莱特长时间地注视着我，好像在等什么事发生，也许在等我的反应吧。见我没再开口，他说："我对你养父的反应感到惊讶，不过人类对癫痫症的偏见已经有好久了，你知道亚历山大大帝吗？"

我摇头。

"一个了不起的人！"莱特说，"他征服了全世界，在很久很久以前。"

"是吗?"我说,"那又怎样?"

"他也有癫痫症,许多了不起的人都有癫痫症。"

"嗯,是吗?"

"癫痫症是造就你的一部分,"他说,"不要怨恨它。"

不要怨恨憨头?开什么玩笑?憨头是害我无家可归的祸根,是使我再也不能见到豆豆的祸根,也是人们一见到它发作便一哄而散的祸根。憨头不只是个名字,更是个警告——小心憨头!说不定他发起癫来咬你一口!他会传染给你!他会传染给你肚子里的胎儿!把他赶出去!驱逐他!排挤他!

他们有时会耳语道:"那个男孩是个怪物,是个错误,他压根儿就不应该到这个世界上来。"

可是莱特不明白。"你把它看成祸根,"他说,"但是这个'祸根'同时也是个福报,如果不是这样,你也会和其他人一样把探针插进脑子里,用探针腐化你的心灵,你会活在探针的世界,而不是真实的人生。你会想不起上个星期的事,记不得你四岁时候的往事,你也会忘了你的妹妹。"

"住口!"我说着,两手掩着耳朵,"住口!"但这个臭老掉牙不肯住口;他还想告诉我一些重要的事情,尽管我捂着耳朵不想听,不愿意去想我是谁,我到底哪里出了毛病,我为什么会在厄布这个边缘地带，这个人尽皆知的边缘地带，听某个疯癫的老头儿说一些疯言疯语。人人都知道未来不存在，而他却总是在思考未来。

"住口！"我大声说，"住口！"然后我跑开了，拼命地狂奔，直到再也听不到他的声音，耳朵里只剩下那个挥之不去的个词，那个我最痛恨却也最真实的词。

憨头，憨头，憨头。

第七章

最坏的消息

我好不容易才放慢脚步,终于远离收纳箱区,来到厄布一处我从没到过的地方。这里的街道狭窄阴暗,建筑物都高耸入云,遮蔽了天空,夜晚如此,想必白天也是这样。到了这种地方,你必须躲在暗处,千万不要被人发现,因为本地人一旦发现你是陌生人,就会把你视为敌人。

每个路口都燃烧着一堆火塘,我可以看到一些执法者伸出双手,在冒着黑烟的橘红色火焰上烤火。他们是街头巡警,身上配着武器。他们也许知道我属于霸王关,也许不知道,但"也许"这两个字很可能害你丧命,因

此我紧贴着墙根走,恨不得能钻进混凝土中。

我心想,你这个呆子,绝对不能去陌生的地方。这虽然是我的错,但我心里却怪着莱特,因为他说了一些我不喜欢听的话。

这次运气不错,没人看见我。我偷偷摸摸地在街巷里穿行,尽量找最暗的阴影,我的心脏猛烈地跳动,震得我耳朵发麻。我大气不敢出一下,悄无声息地移动,一心祈求老天保佑我脱身,如果这次能安然逃脱,我下次再也不敢做这种蠢事了。

仿佛过了漫长的一个世纪,我终于来到熟悉的街道。

这一次我成功了。

回到克里普斯,我已经累得可以倒头便睡,因为恐惧令我感到疲惫不堪。但我没能倒在床上,有个人在我的小窝里等我。

我一跨进门,立刻有个微弱的声音说:"别动!"

我看不清那个人是谁,因为停电了,但是他细微的声音依然令我不寒而栗。

"是谁?"我问。

"无名氏。"那个声音说,"闯关的。"

什么是闯关的?闯关的就是专门在关与关之间传递消

息的人，他们必须从一个关主管区进入另一个关主管区，这种事是绝对禁止的，每个关主都想掌控一切，包括任何消息。因为这种工作太危险，被逮到就死定了，所以闯关送信的报酬很高。这也是令我感到困惑的原因之一：我不认识什么人，能花得起大价钱请闯关的传递消息给我。再者，就算他们有钱，又有谁会送信给我？

"把门关上！"那个声音催促我。

我把门关上。密闭的空间漆黑而压抑，令人窒息。

"露出你的脸。"我鼓起勇气要求。

"没必要。"那声音说，"听好，我没来过，我们不认识，懂吗？我只是一条消息。"

"什么消息？"

闯关者的声音略略改变，他在复述他要带给我的话。"我带来你家的消息。"他说。

我的一颗心逐渐往下沉，因为我比谁都清楚，凡是消息必是坏消息，这个消息更是坏消息中的坏消息。

"你妹妹快死了。"闯关者告诉我，"她想见你最后一面。消息结束。"

只有这句话。过了一会儿，门轻轻关上，我独自瑟缩在我的小窝里，黑暗中。我摸到我的微电筒，打开，但是光线对我毫无帮助，一点帮助也没有。那几个字不停地在我心中大声尖叫回响。

豆豆快死了，她想见我！

这两件事都是不可能的事。豆豆不可能快死了，我也不可能见到她。我以前的家在厄布的另一头，这也是我被驱逐到比利·毕兹莫这一关的原因，这样才能使我们保持距离。现在假如我想去找豆豆，我至少得连闯三关，三个彼此对立，而且绝对禁止陌生人出入的"关"。

"比利·毕兹莫。"我对自己说，这个名字给了我一丝希望，我希望能见到豆豆，希望多少能帮助她。

比利也许会准许我安然出关，他有这个权力，假如他愿意的话。说不定他还能救救豆豆，不管她出了什么差错。

我没有多加思考，除了满脑子如何救豆豆外，我的大脑已经没有多余的空间。不然的话，我就会记得比利的另一条规矩，那就是：你永远不能主动去找比利，必须等他来找你。当我来到克里普斯最底层的霸王关总部时，警卫立刻把我绊倒在潮湿的水泥地上。

"搜身！"我听到有人说，接着几只粗鲁的手搜遍我全身，寻找武器。

"干净的。"

他们把我翻转过来,让我注视着他们的激光监视器。

"说出你的目的,小子。"

"比利,"我喘口气,闭上眼睛免得被激光灼伤,"我要见比利。"

"比利不想见你。"

"是那个憨头小子,"其中一人说,"八成是癫痫发作了,竟敢不请自来。"

"疯子,咱们把他宰了。"

我心想我完了。现在他们在交头接耳,但我听不清他们说什么。

"动手吧,"有人说,"去把这个小傻子修理一顿。"

靴子重重地踢在我肋骨上,我只有出的气,没有进的气。

"敢动一下,你就没命。"

我"呃、呃"地发出呼吸困难的声音,他们见状都笑了起来,说:"瞧这个憨头小子,他在唱咱们的歌呢。"我只顾设法使我的呼吸恢复正常,别的什么都不想。最后总算一缕游丝般的空气吹哨似的进入我的胸腔。

"抓起来。"

他们把我抓进另一个房间，里面的光线是暗紫色的，空气中有掺杂着麝香、蜡烛以及某种药物的味道。

是比利·毕兹莫的私人房间。我不顾全身痛楚，进去了。他们把我扔在他脚下的地毯上，命令我不许动弹，不许开口，因为关主正忙着，他的大脑正在忙着。

等我的视线适应了阴暗的紫色光后，这才明白他们所说的话。比利的脑袋上扎了一根针，他正在使用探针，那种药物的味道，就是插在他脑中的电极针的消毒剂散发出来的。

霸王关的关主坐在一张有软垫的大椅子上，像从前国王坐的那种宝座。他的双眼是张开的，但是看得出他的视线焦点不在这个房间，或四周的蜡烛，或我。他正在看他大脑中的东西，大脑探针正在播放的东西。他虽然坐在那里，却如同处在一部活动的全息图中，甚至比全息图更好、更真实，比一切的一切都好。

这种感觉我没有亲身体验过。我说过，像我这样的憨头是不能使用探针的。只是听说插了它就像进入另一个世界，一个专门为你的娱乐与刺激而打造的世界，一个使你所有梦想成真的世界，一个远比我们居住的世界好上一倍的世界。

假如我能使用大脑探针，我会把自己送到从前的家里，在那里我们都健康快乐，相亲相爱，直到永远，就像伊甸那样。可惜我不能使用探针，而且我也等不及比利回到现实，因为豆豆需要我。

于是我做了一件愚蠢至极的事：我把手放在比利的脚脖子上，企图把他摇醒。起初他没有任何反应，然后他忽然回过神来，一手抓住我的头发，扭过我的脸。

他用那令人生畏的低嗓音说："谁吵我？谁敢惹比利不痛快？"

我吓得不敢开口，我领教过他的厉害，也知道他威名的由来。

"说话，"比利说，"开口说话，不然的话，你最后一次听到的声音将是枪声。"

"是我，"我故作镇定地说，"憨头小子。"

"不可能！"比利说，将枪抵住我额头，一面拉开扳机，"憨头小子胆子太小，他不敢出现在这里，你是冒牌货。"

"我妹妹，"我对他说，"我妹妹生病了，我必须去看她。"

"你撒谎，憨头小子根本就没有妹妹！"

"尽管我们没有血缘关系，但她依然是我妹妹。"

他瞪着我，仿佛我很不真实，仿佛我来自他刚才在观赏的探针，但后来他双眼开始眨动，我知道他认出我来了。

"是你，"他说，"你哪来的胆子？"

"豆豆，"我说，"听说她病了。"

他想了一下，耸耸肩，"太不幸了，不过你不是说了吗，这女孩和你没有血缘关系？"

"她想见我，"我说，"他们住在厄布的另一边，我需要你协助，我需要通行证。"

我恳求，苦苦哀求，但比利·毕兹莫却像一尊石像一样无动于衷，像一尊失神的冰冷的石像。他一点也不关心我的请求，更加不关心豆豆的死活。他不会给我通行证，我也别想离开。

"听我说，憨头小子，"他说，"任何人没有我的许可都休想离开我这一关，包括你在内。我为你的小友感到遗憾，但是每天都有人死亡，甚至每一小时，每一分钟，所以别去想了，你无能为力的。"

"比利，求求你。"

"比利说不行！"他小声说，"再哀求，你就没命了，懂吗？"

"是的，比利。"

"好！"他说，"说说吧，有哪些规矩？"

"永远相信比利,永远服从比利,永远对比利说实话。"

"好极了!"他说,"再说一遍。"

在他的命令下,我重复着他的规矩,相信、服从、诚实。但在我心底,永远都不服从规矩。

第八章

闪电的味道

豆豆六岁那年,差点死掉。他们说她生的是骨髓病,她的造血功能不好,无法继续维持生命。她两眼无神,只能躺在床上颤抖。她吃不下,也睡不着,全身疼痛,从皮肤表面一直痛到骨子里。

大家都没有办法,直到一位老妇人出现,她是位治疗师。这位治疗师的双手在豆豆身上来回移动几下,便能说出她能不能活下去,而唯一可能拯救她的东西是一种增强造血功能的特殊药物。

这种药物是一种黏糊糊的液体,味道很难闻,更难以入口，而我是唯一能哄豆豆把药喝下的人。每次她的爸妈想用汤匙喂她吃药，她都会吐出来，可是我喂她，她顶多苦着一张小脸，到底还是把药吞了。她虚弱得无法开口说话，我便胡乱编一些小故事哄她，说她如何及时阻止我做出一些愚蠢的事。其实这多半也是事实，她听了有时会露出笑容，然后打个小盹。

她生病那段时间我一直陪着她，并且打地铺睡在她床边的地板上，因为我有个怪异的念头，觉得我要是离开，等我回来时她就会不见了。她可能消失的念头比她将要死亡的现实更叫我感到害怕。查理说我不愿离开她一步是不正常的现象，但凯依说，随孩子去吧，难道你没看见，只有憨头能逗笑她吗？

一天早上，我醒来往床上望过去，豆豆睡得正香，她的脸颊又恢复红润了，如果不是药物起了作用，就是豆豆治好了自己。我高兴得脑袋仿佛要爆炸了，当我跑去告诉大家这个好消息时，大概是因为太兴奋了，我的癫痫竟然发作。我只记得我大声喊道："她好了！她好了！"然后癫痫发作了，我的眼前一阵黑。

等我醒来，我的养母说豆豆真的好多了。但查理却说："他不能再进她房间了，万一他再发作，伤了我们的小女儿怎么办？"从那一刻起，查理总是以异样的眼光看我，仿佛我变成了一个他不认识的人，虽然他们打从我一出生便收养了我。

不过，现在这些都无所谓了，包括查理的想法，还有我失去的家，或其他任何事情。现在唯一重要的是设法见到豆豆，好让她再吃下那种药物。我不在乎她吐出多少回，我会一直喂她，直到她苦着一张脸把药吞下为止。

我回到我的小窝，扔了几样东西在我的手提袋内，口袋里装满那个普鲁女孩给我的糖果，就悄悄上路了。

有一件事我很肯定：我不可能闯过这个关的重要地区。这里到处都是霸王关的手下，他们一定在监视我。

我唯一的脱逃机会是沿着边缘地带走。

我还没走到边缘地带，夜幕已经降临。我不得不在黑暗中穿过收纳箱，摸索前进。我不想轻易打开微电筒，因为没地方充电。于是我只好跌跌撞撞地往前走，不时撞上一堆堆的废砖头，或者是连收纳箱居民都不要的垃圾。我努力回忆通向输水管道的路径，因为从前的输水管道通往边缘地带。

收纳箱旁有几处微弱的火光，也许是为了驱赶野狗。我很想在火上烤暖我的双手，休息一会儿，但是我没有时间松懈，我必须尽快脱离比利这一关。

我转身正要离开，小脸在黑暗中认出我。"巧克力！"他喊着，抱住我的腿。

我好不容易才稳定住一颗差点跳出喉咙的心。我温和地说："你不知道这里很危险吗？你住在哪里？谁在照顾你？"但小家伙只会说一句"巧克力、巧克力"，我实在拿他没办法。

我把我最后一条巧克力给他，牵起他的手，带他走向火塘，希望收纳箱居民知道他是谁家的孩子。我还盼望那个老家伙莱特不在那里，因为他会要我谈豆豆的事，而那是我现在最不愿意谈的话题。空谈没一点用——我必须找到她。

围在火塘边的人退开了，躲进暗处，静等我的下一个动作。当他们看见小脸牵着我的手，有几个靠了上来，亮出粗糙的小刀，那是用收纳箱附近随手可得的废弃锈钢铁做成的。大部分的收纳箱居民都衣衫褴褛，而且神情萎靡，仿佛随时准备面对失败。他们的人数虽然比我多十倍，但他们似乎很怕我，这是对我有利的地方。

"走开！"一个老妇人尖声叫道，"放开那个孩子！"

"不要过来！"我大声说，一面举起双手，"我只是来送

回这个孩子的,懂吗?现在我要走了。"

小脸吃完巧克力,兴高采烈地绕着火塘跑,傻傻地笑着,不说一句话。没有人过来带他走,而他又似乎认识在场的每一个人。

我转身正想离开,一个声音突然冒出来:"这次你又想去踹谁,打手?是另一个老掉牙吗?"

我心想,不要回头,快快在他们趁天黑壮胆偷袭我之前,继续往前走。

"看,他要走了,这个霸王关的大坏蛋!"嘲讽的声音大声说,"他一天黑就没胆了,不是吗?现在没有帮凶来帮他了,不是吗?"

我听到他们在我身后移动的声音,但我没有回头。我心想,你死定了,你这个笨蛋,你抄光他们的家当,又在黑暗中单独回来,你还能期待什么?

"抓住他!"有人大喊,"别让他跑了!"

若是在平时,我轻易便可以撂倒任何一个人,但现在不行,这时夜深人静,脚下又是块陌生的地方,我还没开始动作就被绊了一跤,刹那间,我脸朝下趴在地上,四面已被团团围住。

"别让他逃走!"

"踹他,让他也尝尝被踹的滋味!"

他们虽然将我团团围住,却仍保持一段距离,似乎怕我会反击。或许他们以为我的包里藏了什么很厉害的武器,假如他们知道我只带了一支老旧的微电筒和一点吃的,他们肯定毫不迟疑地扑到我身上。

"杀了他!杀了他!"带头的收纳箱居民大声吆喝,他躲在后面,是个身材瘦小的家伙,满脸胡茬,一对狂野的红眼睛。即使在黑暗中,我也可以看出他狂叫着呼朋引伴来杀我时口沫横飞的样子。

"起来!"另一个大声喊道。

我慢慢爬起来,张开手让他们看到我并没有携带武器。我努力想着该说些什么才能使他们放我走,同时一种恐惧的感觉却遍布全身。

"不,"我告诉自己,"拜托,不要。"

但我无法避免它发生,不管我怎么努力克制,它总是以这种方式出现。先是鼻子产生闪电的味道,一种雷雨过后空气中特有的、干净的带电的味道,接着眼前一黑,我便不省人事了。

等我苏醒过来,莱特正在我身旁,拿着一块湿布贴在我的额头上,我躺在他的收纳箱内。一定是他们把我扛到这里的,因为那种情况下我肯定不能行走。

"没事了。"他说,"都过去了。"

和过去一样,我感到又倦怠又羞惭,我最痛恨这种时刻被人看到。

"一次严重的痉挛。"莱特说,"很不寻常,我在你的上下牙齿间插进一根木棍,居然被你咬断了。"

怪不得我的牙龈酸痛,每次事后,我都有那种熟悉的、梦幻般的感觉,那时只想好好睡一觉把它忘了。但我立刻又想起来,仿佛头上被泼了一盆冷水,我坐起来,说:"我得走了,现在几点?"

"天还没亮呢。"莱特说,"你有什么急事?"

我想站起来,但我的两腿发软,根本起不来。

"休息一下。"他用他苍老的口气说。然后,扶着我让我轻轻躺下,他不明白为什么我不能停留,因此我告诉他关于豆豆的事,以及我必须在比利·毕兹莫找到我并阻止我之前离开。

莱特听我叙述,苍老的眼睛里现出温柔的神情,然后他点头说:"啊,果然如此!"

我不明白他是指什么事,我也没有力气多问。我只感到疲倦,疲倦极了。

"睡吧。"他催促我,"我们天亮再走。"

我强忍睡意,但我的眼睛还是不听使唤地闭上了,三次深呼吸后,我就睡着了。

老人叫醒我时,天空已经微微泛白,而且低得几乎可以伸手摸到。

"该走了。"他说,推推我的肩膀,"霸王关的人正在找你。"

我一听立刻吓醒了。

"你怎么知道?"我问。

他耸耸肩,"我说过,坏消息在这一带传得特别快。你好了吗?准备好没?"

他的身后背着一只破旧的袋子,手上拄着一根弯曲的木棍。

"你不能跟我一起走!"我对他说。

"为什么?"

"你会拖慢我的行程,我必须赶路。"

莱特举起他的手杖,戳戳我的肚子提醒我,"听着,你这个小傻瓜,我们时间不多了,所以我不想浪费时间和你客套。我已经救过你一次,要不是我插手,下次万一你的癫痫又发作,没有人在旁边帮你保命怎么办?"

我推开手杖说:"我会照顾自己。"

他的口气缓和了下来,"想一想,孩子,你不可能独力完成这件事。你能靠自己连闯三关?不等天黑你就没命了。"

我抖抖我的提袋,往莱特简陋的小收纳箱门口走去,"你为什么要管我?为什么要帮我?"

老人拿起他的手杖,把门关上,似乎乘机思索他的答案。"两个理由。"过了一会儿,他才说,"第一,我想知道你的故事结局;第二,这是我最后一次参与大冒险的机会。去拯救一位可爱的少女,对一个老人来说,还有什么事比这更值得期待?我要与你一起行动,然后在我的书中记下我们勇敢的故事。"

"你疯了,你会没命的!"

"疯了?"他笑道,又摇摇头,"他们也说堂·吉诃德疯了。"

"堂·吉诃德是谁?"我问。

"一个坚信自己在做正义之事的人,他最后因此而丧命。"莱特边说,边把我推到门外,"走吧,孩子,我来带路。"

他举起他简陋的手杖,仿佛握着一把无畏的宝剑,向着太阳升起的方向走去。

第九章

边缘摸索，祸福难料

　　小脸想跟着我们，他在我们后边跑，从一堆垃圾跳到另一堆垃圾上，当成是好玩的游戏。"巧克力！"他用唱歌的调子说着，"巧克力！"

　　他知道我已经没有巧克力了，但他说这句话所得到的乐趣并不比吃巧克力少。

　　"你交了一个朋友。"莱特说完，对我咧嘴一笑。

　　但莱特知道小东西不能跟着我们，那太危险了。他对小脸做了个手势，小家伙跳到他身边。他在小脸耳边说了一句话，一会儿后小鬼又唱出一句"巧克力！"，便转身跳回收纳箱的方向。

我总算松了一口气,但同时又开始想念这个小东西。

"像他这样的孩子不下千百个。"我们又加快脚步时,莱特说,"孤儿或弃儿,无依无靠,很少能够活到你这个年纪,更别提像我这个岁数。有一位伟大的作家曾经写过类似的故事,在一个叫伦敦的城市。他的名字叫查尔斯·狄更斯,他也是个癫痫病患者。"

"够了!"我停下脚步。莱特关切地望着我,"怎么啦?"他问。

"不要再说癫痫的事了,行吗?我不想听,也不想谈。"

"你也不愿意去想它?"莱特说,"行,我答应你。我不说那许多和你有相同病症的伟大人物的故事,我不说恺撒、拿破仑、达·芬奇、阿加莎·克里斯蒂、刘易斯·卡罗尔或者哈丽特·塔布曼的故事,我也不再提圣女贞德、梵高、牛顿、丁尼生、爱伦·坡或伟大的帕格尼尼。行,到此为止,我的嘴巴要封起来了。"老人一脸得意,举起手杖说,"走吧,你带路。"

我说:"我还以为你认识路呢。"

他耸耸肩,"这是你的使命,你有什么计划吗?"

"你明知道我没有。"

"啊,"他一本正经地说,"那么,咱们沿着输水管道走如何?"

我先前说过,输水管道通往那个著名的边缘地带,而且继续往前延伸。听说它一路通往"凶险之地",那里的辐射线会侵蚀人的骨头。但是直到莱特告诉我,我才知道,原来部分输水管道会分叉出去连接着每一个关口。

"有史以来最伟大的供水系统。"他说着,带我穿行于巨大的输水管道残骸底下,用来支撑输水管道的钢筋水泥塔墩也有一部分坍塌在地上。"水利工程杰作。"他说,"如果不是大地震以后水源枯竭了,它还能发挥作用。他们曾经尝试用各种不同的方法引水,持续了一年之久,花了很多钱,但都没有成功,最后终于年久失修。"

他喜欢喋喋不休地诉说过去的事,要是他真有办法帮我找到豆豆,我倒是乐意听他说,而且关于输水管道他也都说对了。由于水泥塔墩上的古老铁梯有一部分已经腐朽,我必须协助他爬上去,当我们爬上输水管道时,还能看到有一片铁板的螺丝已经松脱。

"到了。"莱特说,"噢!上一次爬这么高时,我比现在年轻多了。来吧,检查一下。"我钻进闸门,假如不介意腐臭的积水没过脚脖子,里面倒是有足够宽敞的空间可供站立。圆柱形的光线从锈蚀的螺栓孔透进来，使整条输水管道仿佛布满了弹孔。"嘿！"我喊一声，回音大得几乎连邻近的关都可以听到。

莱特爬进输水管，坐下来上气不接下气地喘息。

"你支持不下去的，"我对他说，"我们还有好几英里路要走呢。"

"我可以的，"他喘着气说，"我还有一本书要写呢。"

我看他缩在那里，破旧的绑腿泡在积水中。"谁会在乎你的古书！"我冷冷地说，"走吧。"

"好。"他说着，用他的手杖支撑着身体站了起来。

"准备好了吗？"我问道，忽然有点后悔对这个老掉牙太凶。

"早就准备好了。"他看看四周，似乎很满意，"我们沿着边缘地带走，孩子，祸福难料啊。"

他所说的每一句话都那么高贵，那么铿锵有力。而事实上，我们只是一对躲在锈蚀的古老输水管道内的小人物，这里只有我们和慌慌张张、东蹿西跳的灰鼠。我们踩着积水跋涉了一小段路后，终于来到没有积水的地方，走起来才算顺利些。莱特的呼吸比较顺畅了，看起来也比我想象中更坚强。

也许他真的可以撑到底。

"大约还有七英里路。"他说着,赶上来跟在我身边,"就到下一关了。"

"你以前走过?"我问。

"是啊。"他说,"多年以前。那时候有一些人不喜欢我,我便想不如离开的好。以前有许多难民利用这条输水管道在城区内活动,现在它和许多事情一样,似乎都被人淡忘了。"

我们继续前进,没有第二条路,只好一路向前。小小的红眼睛注视着我们,和我们保持着一段距离。我醒着的时候不怕老鼠,但是入睡以后就不同了,听说老鼠会在人熟睡时吃掉他的鼻子。它们的牙齿十分锋利,等你发现时,已经来不及了。

"为什么霸王关会在乎你离开?"莱特问。

我解说比利的规矩,告诉他没有得到比利的许可不得随意去任何地方。

"我不明白的是,为什么关主特别在意你。"莱特说。

我耸耸肩说:"他对我有兴趣。"

"一点也不错。"莱特一面说,一面点头,"可是,为什么?"

看得出他并不期待我给他答案,他其实是在问自己。但他认为我无足轻重却让我感到沮丧。

莱特看出了我的心思,便在我手臂上用力一捏以此鼓励我,"这是值得思考的一件事,孩子。没有不敬的意思,但弄清楚一个关主的言行有时还是有点用处的,更别提救命了。他有特别的理由禁止你离开,如果我们能猜出原因,或许有助于我们到达目的地。"

"是吗?你真的这么认为吗?"我阴阳怪气地说,"我是这么想的,猜测比利的心事会害了我们。"

这句话终于使老头儿闭上嘴巴。我们默默地往前又走了几英里后,来到输水管道下陷的地方。这里的积水有膝盖那么深,不但有黏滑的东西爬行,还布满蚊虫,但莱特毫不犹豫,涉水而行,似乎一点都不在乎身上弄湿了,不在乎被蚊虫叮咬,也不在乎那些沿着管壁爬行的黏滑的东西。最奇怪的还是当我冲他发脾气时,他似乎一点也不生气,好像希望我借机发泄,但他自己却不放在心上。

后来,我们停下来休息几分钟,我分了一点吃的给他。他看了一下,说:"这是普鲁人的东西,是吧?"于是我告诉他普鲁女孩的事。他说:"危险,和基因改良人接触是极端危险的事。不是他们有危险,而是我们。我们就是他们从前的写照，他们因此而痛恨我们。"

但他还是吃了普鲁人的食物，而且吃得精光，然后我们又继续赶路。我们走啊走，直到白昼消失。黑夜使输水管道显得更加漫长，那些红眼睛仿佛也更近了。直到我们走到感觉有风吹在脸上时，莱特这才停下来说："我们来到断裂的地方了。"

"断裂的地方？"

"前面有一段输水管道不见了，我们得下到地面走大约一英里。"

我走到输水管道的尽头，但是眼前实在太黑了，我看不到地面，感觉我们仿佛飘浮在半空中。这个念头使我头晕，我赶紧小心翼翼地退回去，直到脚下锈蚀的钢铁多少有点牢固的感觉为止。

"我们怎么下去？"我问。

"最好等到天亮。"莱特说，"没道理走这么远了，然后摔断脖子，你说呢？"

不能继续前进使我焦躁不安，但我明白他是对的，假如我死了，便无法救豆豆了，这一点倒是可以肯定。因此我们蹲在输水管道转弯的地方，轮流休息。

"你先睡吧。"他说，"我要和我们的小朋友玩一玩。"

他朝那些红眼睛扔出一粒石子,它们立刻慌张逃命。"祝你有个愉快的梦。"他说。我心想,天啊,好像我可以在一个有许多老鼠的水管中立刻睡着似的。但我所知道的下一件事,是他把我摇醒,并在我耳边说:"醒醒,他们来了。"

我听见了。

唧喀……唧喀……唧喀……

那个声音越来越接近,有个东西正沿着输水管道朝我们这个方向走来。

第十章

猴男来袭

唧喀……唧喀……

我愿意以我身上所有的东西换取一个防身利器,可惜我仅有一只提袋,但还是比没有强。提袋内有一个绳圈,只要那个东西一靠近,我便可以朝它扔出绳圈。我说它是"东西",是因为它发出的声音不像人的。它太细碎,不像霸王关手下的脚步那么沉稳;但又比老鼠个儿大,也比老鼠的脚步声大。

难道是一只大如野狗的老鼠?想到这里,我不禁从心底生出一股寒意。

莱特和我都紧贴在输水管道弯曲的管壁上，不管来者是何方神圣，都希望它只是从我们身边经过就算了。

唧喀……唧喀……

看来没那么幸运——它慢下来了。

我在黑暗中用力瞪大眼睛，觉得眼珠子快要爆出来了。唧……喀……，而且越来越近，越来越近，直到我感觉一伸手便可以触摸到它，而它一伸手也可以碰到我。

它的影子在移动，我看到那是一个驼背怪物，它已经看见了我,或察觉到我的方向,正朝我这边移动过来。唧……唧，八成是爪子擦地的声音，像针一般锐利的爪子。我一阵恐慌，心不由得往下沉，我已经忘了怎样呼吸，那个东西正对着我伸出爪子来。

我摸到身后的提袋，准备使尽全力朝它扔过去。

"巧克力！"那个怪物开口说。

我们死命盯了半天，竟然是那个只会说一个单词的五岁男孩。原来，小脸学莱特，也拿了一根手杖拖着走，唧喀……唧喀。

我们只好留下他，因为没有多余时间送他回去，而且即便我们把他送回去，也没有人能收留他。看来不管我在哪里，这个小鬼都能在黑暗中找到我。

我还是认为这多少要怪老掉牙。

"要不是你硬要跟来,小家伙就不会跟过来了。"我对他说。

"是你自己给他东西吃的。"莱特说,"这个可怜的孩子从来就没吃饱过,当然要紧跟在你后面了,巧克力先生。"

老掉牙说得没错,但这并不能减少我的愤怒。

"别生气。"莱特说,"这个孩子能够照料自己,他就是这样生存下来的。"

"一个人闯关已经够难的了,"我提醒他,"三个人更不可能。"

"哦。"莱特说着,挑起花白的眉毛,"这么说,你对闯关很有经验,是吗?"

我只好对他说实话。

"我从来没有出过关。"我坦白说,"自从他们把我带到这里以后就没离开过。"

"那你最好听我的,我们现在要执行的是个极不可能的任务。不仅危险,而且几乎不可能完成。不过再怎么说,毕竟还是有人连闯三关把消息送到你手上,不是吗?既然他做得到,我们也可以。而且我们有三个人,不太可能被误认为职业闯关者或走私客。"

不得不承认,他说得确实有道理。我已经没有巧克力了,只好分给小脸一大块普鲁女孩给的食物,他大口大口吃下去,好像已经饿了很久似的,脸上堆满笑。

我们等到天亮才去查看输水管道的末端。那里没有楼梯,但莱特认为我们可以像滑滑梯那样滑到水泥塔墩底下。"我们没有别的选择,"他说,"只好冒险了。"

结果还是小脸带路。他先从塔墩边缘滑下去,然后利用穿透塔墩的锈钢筋一步一步爬下去,大约十秒钟后,他已经站在地上大叫:"巧克力!巧克力!"我猜想那大概是他为我取的名字,或者是说:我成功了!

莱特松弛苍老的脸庞现出忧虑的神色,但我知道这时候话说多了没好处。他第二个下去,虽然比小脸多花了一点时间,到底还是成功到达地面,而且毫发无损。

现在他们俩都望着我。"来吧!"莱特大声说,"你可以的!"

我想到豆豆,想到她正在等我,想到我的恐高症这个时候算不了什么。爬了大约一半时,我的脚底忽然打滑,我只好紧紧抱住水泥墩不放。"不要放手,"我心想,"一放,你就摔下去了。"

"就快到了。"莱特在我脚下说,"右脚伸出来。"

我照他的话做了,他不停地吩咐我怎样摆放我的脚。

感觉仿佛过了一百年，我终于踩到地面，站在那里不停地发抖。

"万一这时候刚好癫痫发作可怎么好？"我有点像在自言自语地说。

"不是没有发作嘛。"莱特说，"我们没空担心还没有发生的病。咱们还是快走吧，还要走两个钟头才能到下一段输水管道。假如它还在的话。"

"什么？"我大吃一惊，"你不知道？"

"我上一次这样走已是多年前的事了。"他说，"世事无常啊，除非亲眼看见，否则你永远不能肯定。"

我见到的却是令人惊异的景象。在这一关，到处都是摩天大楼，一直延伸到边缘地带。听说过去那个时代，摩天大楼都是用玻璃盖成的，一百层楼高的玻璃建筑，说不定还更高。他们说，那时候的人都乘坐电梯上下楼。后来里面的人都不再出来，也不到地面上行走，一辈子住在里面直到老死。如今这些摩天大楼只剩下扭曲的钢架残骸，就像一群诡异的庞然巨物，消失在远处的烟尘中。

每一座摩天大楼底下都有倒塌的成吨的水泥块，想来是大地震撼动全世界时倒塌的，这场地震同时也导致大地龟裂，河流枯竭，更造成其他严重的破坏。光线照射在残

骸上,形成钻石般的光芒。但莱特说那只是大块的玻璃碎片,却有许多人为了寻找根本不存在的宝藏而丧命。

"真正的独一无二的宝藏在你心里。"他说,敲敲自己的脑壳,"记忆比钻石更珍贵,而且没有人能偷走它。"

抬头仰视摩天大楼使我更觉得自己渺小。"他们为什么要盖这么高呢?"我问。

"因为他们有能力吧,我猜。"

"可是,难道他们不怕地震吗?"

"没那么怕。"他说,"我想每个人都是在灾难发生之后,才真正明白它的可怕。"

太阳在烟雾中模糊不清,但莱特说,假如我们紧靠着左边一直往前走,就能到达我们要去的地方。我们又艰难地跋涉了两个小时,始终没看见半个有生命的东西,没有杂草,也不见半只昆虫,什么都没有,只有淹没在死寂的砂碛中的废墟,甚至连一只老鼠也没有,这点倒是值得庆幸。

看起来似乎只有我们三个人,但我始终有种毛骨悚然的感觉,觉得好像有什么东西一直在注视着我们,也许是摩天大楼造成的错觉。我不知道这些古老的建筑能不能看见我们,但每当风吹过钢架时,它们却能发出呻吟,仿佛知道自己正渐渐地死去,却又无力回天。

结果，输水管道果然在莱特所说的地方，高架在倒塌的水泥塔墩上，等着把我们送到目的地。

我们快要抵达输水管道时，忽然传来一阵呼吼声。

"啊——咿——呼——呼！啊——呼——哞——哞！"

那声音听起来很像野兽的叫声，但直觉告诉我它不是野兽，不完全是。小脸抱住我的腿，我可以感觉到他在发抖，他这个举动几乎和吼叫声一样令人心惊胆战。

"啊——咿——呼——呼！啊——呼——哞——哞！"

他们一窝蜂地从废墟中冲出来，吼叫着，蹦蹦跳跳地挥舞着手臂。

"猴男，"莱特说，"不要！"

他们蜂拥上来，把我们团团围住，我发现他们脸上都涂着猴子脸谱般的油彩，一双双狂野的眼睛仿佛要杀死我们。

第十一章

伟人猛哥

是猴男。我听说过,猴男控制这个关。这些从废墟中涌出的家伙,行为举止已经不像人类,简直和他们脸上涂的油彩一样狂野。而且不只脸上的油彩——连牙齿也磨得像獠牙般尖锐,指甲也像黄色的、钩状的爪子。

"情况不妙啊!"莱特小声对我说。

"可不是!"我也小声对他说。

当那些疯狂的利爪伸过来抓我们时,莱特转头注视着我,"不要反抗。"他警告说,"不然的话,他们会把我们撕成碎片。"

我暗想那是早晚的事，反抗肯定没半点好处：他们人太多，而我们人太少。我想紧紧抓住小脸，但人群把我们架起来，将我们分开。小家伙大叫："巧克力！巧克力！"意思是"救我！"但我不可能救他和莱特，因为我也是泥菩萨过江——自身难保，我们都被一百来个长着恐怖獠牙、怒吼着的疯子抬着走。

我心想，霸王关也没这么可怕。但似乎没有一个领导人为猴男们定下任何规矩，指挥他们该怎样行动。老掉牙说得不错——情况不妙。猴男不但看起来像野兽，行动也像野兽，他们根本已经变成野兽了。

高声呼啸的猴男把我们抬回废墟，经过巨大的摩天大楼底下长长的钢铁阴影，来到一个空气中混杂着血腥与铁锈气味的地方。

他们把我们抬到一个奇特的黑暗建筑——一座用倾倒的钢架建构而成的碉堡附近。大的钢筋插入地下，再用交错编织的钢缆捆绑起来。霰弹枪与大炮从墙上的枪眼里伸出来，狂野的众猴男将碉堡团团围住，不停地跳着、叫嚣着："啊——咿——呼——呼！啊——呼——哗——哗！"

然后，吼叫声变成一个词。

"猛哥！"他们大声嘶吼，"猛哥！猛哥！猛哥！"

他们不停地呼唤猛哥,直到钢缆将一部分铁门放下,我们被抬进碉堡。在场的猴男都想挤进碉堡内,但看守碉堡的技安不让他们进去,逼他们后退。

猴男把我们往地上一扔便往后退,大门在我们身后关起来,把暴民隔绝在外。自从我们被捕后一直吼声连连的叫嚣这时才停歇。

但是眼前的安静反而更令人心惊胆寒。

技安们用武器指着我们,示意我们站起来。

莱特摇摇晃晃的,我想过去扶他,但被他挥手制止。"不要有任何动作,也不要显露出恐惧。"他急忙悄声对我说,"假装合作。"

假装合作?我不懂这个老家伙在说什么,你怎么和十几个通过呼啸来沟通的武装恶棍合作?我所能做的只是在技安驱赶我们更深入碉堡的时候,将小脸带在身边。

气味更加难闻了,显然是没有下水道。电力也不足,灯泡不停地闪烁。不管是谁在掌管这个地方,一定没有花心思在这上面。

我们经过一排挤满囚犯的小房间,被囚禁的犯人都用茫然的眼神看着我们。他们个个瘦得皮包骨,衣衫褴褛,连发出呻吟、求救或保持干净的力气都没有。

"好兆头。"莱特抿着嘴说。

好兆头?这个老掉牙八成疯了,但我立刻明白了他的意思,如果他们会把人关起来,那表示他们的犯人暂时安全。

技安把我们推进黝黑曲折的甬道,我们转了好几个弯,就算有机会逃走,我也不可能找到出去的路。

结果,我们还没见到猛哥,便先听到他的声音。甬道内传出巨大的回音:"服从猛哥的命令……服从猛哥的命令……"一遍又一遍不断重复,就像老式的3D机故障跳针一样。事实上,倒也差不多。

当我们逐渐接近巨大的声音时,灯光开始转亮,映照在墙上。然后一个转弯,他就在眼前了。

"跪下!"技安头头大声说,并戳我们,"向伟人猛哥跪拜!服从他的命令!"

我们跪下,抬头看着猛哥。他是一个面容威武、权威感十足的关主,一双炯炯有神的眼睛,肌肉发达的手臂,乌黑的披肩长发,宽大的胸膛上有个张牙舞爪、张着血盆大口的猴子刺青。他双手握拳,不停地槌打着胸前的刺青,并呼喊着:"服从猛哥的命令……服从猛哥的命令……"

太疯狂了，我差点笑出来。原来所谓的"伟人猛哥"不过是一幅全息图，从一个3D影片剪辑下来的影像反复回放。这种东西连两岁的幼童都瞒不过，更何况是我。

莱特喃喃地说："我来试试看，你无论如何都不要插手。"

我还没来得及制止，这个老掉牙已经挂着拐杖缓缓起身。

"跪下！"技安头头下令，"向猛哥跪拜！"

所有的武器一时之间都对准莱特，你很难从他们戴着面具的脸上看出他们的表情，但是可以确定这些技安都很紧张。

"你一定要带我们去见真正的猛哥！"莱特说，在不断重复的录音声中提高嗓门。

"跪下！"技安头头说，"跪拜！"但他的语气没有先前那么强硬了。

"猛哥还在吗？"莱特问。

"猛哥还在。"技安头头说。他的口气有点迟疑，仿佛连他自己也不明白为什么和这个老家伙对话。

莱特走向技安头头。我心想他完了，但技安头头没有采取行动。"摘下面具，"莱特说，"让我看看你的脸。"

令我吃惊的是，技安头头居然摘下他的武装面具。面具底下的他不过是个年轻人,有着一张圆圆的脸和一双焦虑的眼睛。他用迟疑不决的眼神注视着莱特:到底他应该听这个老家伙的话,还是把他杀了。

"你一定要带我们去见猛哥,"莱特对他说,"或许我们能帮得上忙。"

技安头头犹豫了一下,表情扭曲,似乎很痛苦的样子,"我没有得到授权。"

"那谁有这个权力呢?"莱特轻声问,"没有人?我想也没有。想想看,孩子,猛哥会希望你怎么做?"

"听他的话,服从他。"技安头头立刻回答。

"是的,那当然。"莱特耐心地说,"你已经做得很好了,在如此艰难的情况下依旧服从他,维持你的队伍,保卫碉堡。可是,现在你还有一件事要做,你必须帮助猛哥。带我们去见他。"

"我——我——我怕。"技安头头结结巴巴地说。

"我们都怕。"莱特安慰他,"假如这种情况再持续下去,碉堡总有一天会人满为患,你们都会被消灭。我想你一定也明白这一点,你一定要想个办法。"

技安头头不安地说,仿佛怕被人偷听,"你说的是事实,但你要我们怎么办?"

"我们先从帮助猛哥开始,好吗?"莱特建议。

可怜的技安头头一副饱受折磨的模样,但最后总算点头说:"跟我来吧,很危险,可别说我没事先警告你。"

"知道了。"莱特说,"走吧。"

这是我所见过最神奇的事:一个老掉牙,一个闯关者,说服了一个技安头头听从他的命令。我望着莱特,他似乎明白我心里在想什么,对我眨眨眼睛,示意我跟着走,见机行事。

"巧克力?"小脸问,一面抱着我的腿。

"嘘,"我对他说,"没事儿的。"

这是打从猴男逮捕我们以后,我第一次相信我们或许有机会活下去。当然,我是猜想莱特会逮到机会制服技安头头,然后我们冲出重围,逃出碉堡。然而他心中琢磨的是另一个完全不同的计划:这个疯狂的老傻瓜真的要去见猛哥——真实的猛哥,而不是全息图的幻影。

我们跟着忧心忡忡的技安头头走进另一条更狭窄的甬道,这个甬道仅够容身,然后我们爬上一道铁梯。

到了铁梯顶端,技安头头焦虑地四下看了一眼,深吸一口气,这才扭开头上的闸门锁。他哀怨地看了莱特一眼,小心地推开闸门。

"进去吧。"他小声说。

莱特毫不迟疑地爬上最后几级阶梯,消失在闸门内。

我还能有什么选择呢?我跟在他后面进去,进入猴男关关主——伟人猛哥的秘密谎言中。

第十二章

闭关的祸患

我最先注意到的是那可怕的恶臭。比腐臭的死老鼠、发臭的蛋以及肮脏的尿片还臭,简直臭到极点了。从闸门钻进去后,我立刻滚到一旁,静等着我的视线适应这闪烁不定的阴暗光线。除了臭气熏天外,它还让我想起比利·毕兹莫的房间,不过比他的更宽敞。这是一个关主的游乐室,里面摆满吃的东西、小摆饰以及各种电动玩具。还有许多软软的充气沙发,一坐下去便整个儿贴住你的身体。当你走动时,厚厚的地毯会摩擦你的脚。另外还有形形色色精致美丽的东西,其中有许多很不真实。会发光的鱼在一个巨大的水族箱内游动。3D投影的舞娘飘浮在一张投影桌上，随着我听不见的乐音扭动着腰肢和手足。

只有那股恶臭是真实的，真实得令你禁不住眼泛泪光。

"尽量不要用鼻子呼吸。"莱特说。

我从他脸上的表情看出，他对这一切并不感到太吃惊。我随着他走到房间中央，这里似乎就是臭气的来源。房间中央有一张巨大的圆床，或者说，是一张由厚厚的睡垫做成的宝座。

"可怜的家伙。"莱特轻声说。

躺在圆床中央的，是一个憔悴干枯、全身脏兮兮的家伙。他的头发大半已经脱落，杂乱地铺在脑袋四周。他的牙齿已经掉光，两眼呈模糊的乳白色。甚至他胸前的猩红猴子刺青也都褪色难辨。乍一看，你会以为他已经死了，事实上，他还在苟延残喘。他的手指在微微抽动，嘴唇仍在蠕动，仿佛在说话，而且他骨瘦如柴的脖子依稀可见微弱的脉管。

一个微弱的声音从他干瘪的口中发出来："呣——呣——呣——"有如电力严重不足的马达声。

银色的大脑探针机器上有几盏琥珀色的灯徐徐闪着，发出扑哧、扑哧、扑哧的声音。我明白床上这个家伙正在和探针机器说话，或者他以为探针机器正在和他说话。诡异的是,这个脏兮兮、饿得半死不活的家伙似乎在微笑,仿佛对他自己的凄惨处境一无所知。

"他怎么啦?"我问。

那个年轻的技安头头好不容易壮大了胆子,跟在我们后面进了房间。"猛哥已经闭关一年多了。"他说。

"闭关?"莱特问。

"就是连续不停地使用探针。"技安头头解释说,"如果你不想出来,就别出来,这叫'永远的伊甸',是他的最爱。猛哥此刻正在伊甸,过着普鲁人的生活,他不想出来,他爱那个地方。"

插在猛哥脑门中央的探针四周渗出浓稠的灰色液体,他们叫它"脑汁",当探针输入时间过久时,就会有这种现象产生,听说有些高级的探针可以连续使用二十四小时,但是连续使用一整年的,我还没听说过。

"这么说,他这时候是在另一个世界,"莱特说,"或者,他自以为如此。"

"没错。"技安头头说。

"能不能把机器关掉?"

"如果关掉他就死了,他就是靠这个在维持生命。大脑的刺激能使他的心脏继续跳动。"

"原来如此。"莱特说,"那,没有人来照顾他或帮他打扫干净的原因,是由于大家都怕'伟人猛哥'?"

"是的。"技安头头说,"从前未经过允许擅闯他房间的人,会立即被处死。猛哥曾经毫无理由地杀了许多人,光是直视他的眼睛便要被判处死刑。"

莱特注视着技安头头,"看看四周,"他说,"你现在还怕猛哥吗?"

技安头头缓缓摇头。

"应该有人挺身而出管理这个关,"莱特柔声说,"你为什么不自告奋勇呢?"

"我?"技安头头吓了一跳。

"你有足够的勇气带我们进来,"莱特说,"要是没有人来取代他,很快地,一切都将毁灭。在缺少指挥、群龙无首的情况下,猴男关已经退化到这种地步,总有一天,他们会把你和你的手下毁灭,然后再毁灭自己。"

"可是,他们又怎么会服从我的命令呢?我又不是关主。"

"猛哥以前也不是,"莱特明白指出,"直到有一天,他自立为关主。"

我们离开房间后,年轻的技安头头把闸门上锁了,但猛哥身上那股恶臭却久久没有散去。我心想,要是比利·毕兹莫不小心，这种事也会发生在他身上。想到比利对豆豆的残忍，我倒有点儿希望他也落得这种下场，但是另一方面我也明白，霸王关这么残暴，要是没有人给他们立下规矩，他们将更加无法无天，更会作恶多端了。

"我可以请教你的大名吗？"莱特对技安头头说。

"戈姆。"

"行，"莱特乐呵呵地说，"伟人戈姆，有何不可？"

"伟人戈姆"一副要吐的样子，脸色发青，呼吸急促，两眼的焦点落在远方，仿佛他正看着明天，不太可爱的明天。

"万一我失败了呢？"他问。

"你一定要排除万难。"莱特教导他，"另外，最重要的是，你一定要立下几条简单的规矩，这是猴男对关主的期待，几条必须严格执行的规矩。"

戈姆再三思索，看得出他正逐渐接受这个接掌猛哥职位的念头，他越想越高兴。

"要是我当上关主，他们就必须服从我的命令，"他喃喃自语，"不服从便要受死，这是第一条规矩。"

莱特点头，仿佛这句话早在他的意料之中，"我对伟人戈姆有个不情之请。"他说着，低下头。

"什么？"戈姆一时不明白，"哦，是，是，请说吧。"

"事实上,是两个请求。第一,请释放所有的囚犯以示善意。"莱特建议说,"第二个请求是,请将我们驱逐出关,并派一队技安护送我们去边界。"

戈姆惊诧地望着他,"什么?我还以为你会留下来当我的顾问呢。"

"我们还有别的任务。"莱特说,一副正气凛然的模样,"不过,我还有一句忠告,在你完全信任你的手下之前,千万不要任命任何人当你的顾问。如果我没猜错的话,猛哥应该是他前一任关主的顾问,也就是被他暗杀的那位关主。"

戈姆紧张地东张西望,好一会儿才定下神来。我注意到他的神色明显地变坚定了。"猛哥在东塔宣告继位,"他说,眼中闪烁着亮光,"伟人戈姆也要效仿他。我要向大家宣布,我们有了新关主,还有了新的规矩。"

莱特若有所思地望着他,然后点头说:"前王驾崩,新王万岁!"

第十三章

再赶一程才能歇息

小脸一脸惊惧,也难怪他,开太空车送我们出关的技安不太友善,外加一群粗暴的猴男跟在车后一路尖声呼啸着追赶,朝我们扔石块。石块每击中车体一次,小脸的身子就缩小一些。从我们出了碉堡后,他就没再说过"巧克力"这个词。

"没事的。"我说,"我们很快就出关了。"

嘴上虽然这么说,心中可没这个把握。改朝换代虽然是个好主意,但不表示他就真能掌控一切,猴男要适应这件事还得花上一段时间。

"你怎么对猛哥的情况那么有把握？"我问莱特。

他耸耸肩："常识吧，事实证明他不再掌控大局了，我也是在我们真正见到他之后才知道的。"

这倒叫我啧啧称奇了，因为他当时似乎胸有成竹。我同时也想，他的转变真大，一点也不像那个乖乖等着被我抄家的可怜的老掉牙。不过，我最后当然还是没抄走他唯一真正在乎的东西。因此，我猜他也是在糊弄我，就像他糊弄那个技安头头一样。

我们乘坐的太空车内部阴暗凉爽，有专门根据人体力学设计的黑色座椅，每个角落都衬有软垫，而且有装甲防卫装置。看上去像车窗的东西，实际上是车外的风景录像。因为即使是装甲车窗，遇上猛烈的火力也还是会被攻破。如果你仔细听，还能听到计算机检测武器系统时发出的微弱的声音，令人不由得瞪大了眼睛提高警觉。听说高级都市太空车几乎能够独立思考，进而保护它的乘客。

我心想，当一个关主一定很威风，随时可以开着崭新的太空车环游各地，有数不清的技安为我效命，又可以躺在宝座上享受探针输入的快感。在见到猛哥之前，我一直以为天下最糟糕的事是死，现在才知道我想错了：死得不明不白才最糟糕。

我们在高与天齐的建筑物钢架阴影中穿行,有好一阵子四周宛如黑夜。黑暗中随时可能藏匿着东西,潜伏着的、几乎看不见的、欲置我们于死地的东西,但我不敢肯定。这又使我想起了豆豆。她对那个血液疾病也有同样的感觉吗?就像某种东西隐藏在暗处等着把她带走一样。她会因为这事偏偏发生在她身上,而怨天尤人吗?她害怕吗?怕些什么?

我不能再继续想下去了,否则我会开始大吼大叫,因此我集中精神逗小脸高兴,免得他害怕。

"等我们到了目的地,就会有许多巧克力,"我对他说,"堆得和那些旧大楼一样高的巧克力,你相信吗?啊?"

我戳戳小脸,他总算点了点头,还露出一点笑容。几分钟后我们回到输水管道,那些技安几乎是把我们推出太空车的,我们还没来得及说谢谢,太空车立刻掉头飞走了。他们担心狂暴的猴男追上来,我们也是。

"我本来还指望会有梯子,"莱特望着高高的输水管道说,"或至少类似梯子的东西。"

我们必须攀爬水泥塔墩四周的残砾。一感觉到安全了,小脸似乎又恢复正常,他找到一条通道,便带领我们爬上巨大的水泥残块。好不容易爬到上头,莱特和我已经气喘呼呼，小脸却不吭不喘，一直等到我们都爬上去了，才对我们露齿一笑，轻巧地一跃，进入管道开口处。只见他拍着手，吟唱似的说："巧克力！"告诉我们一切都没问题。

我从没想到，一个普通的词语也有如此悦耳的时候。

听起来也许有点夸张，但输水管道这一刻给人的感觉像家一般舒坦，我们熟悉它，而且多多少少知道如何面对它，就连对那些老鼠也是熟悉的。比起先前的遭遇，现在它们一点也不可怕了。只见它们慌张地四散奔跑，直到红眼睛消失在暗处。

"带路。"莱特做了个夸张的动作对我说，"再赶一程我们才能歇息，我必须信守诺言。"

过了一小会儿，等这句话稍稍沉淀，他才又接口说："这出自一首诗。"

我已经麻木到懒得问他什么是诗，但一如往常，老掉牙似乎看穿了我的心思。

"写这首诗的人叫罗伯特·弗罗斯特[1]，他是20世纪的人。"他说。

---

[1] 罗伯特·弗罗斯特（1874—1963）：20世纪最受欢迎的美国诗人。他曾赢得4次普利策奖和许多其他的奖励及荣誉，被称为美国文学界的桂冠诗人。成名作《波士顿以北》集，其他代表作有《山罅》《新罕布什尔》《西流的小溪》《见证之树》《在林间空地》等。

"这是他留下的唯一的诗句，尽管只有一句话，也是不朽的文学作品。"

"不朽的文学作品，"我模仿他万事通的口气，"那是什么东西？"

"意思是一部分的你永远不死，"他解释道，"文字记录的那一部分。"

"是吗？那万一没有人在乎文字呢？"

"总有一天他们会在乎的。"他坚定地说，看得出他对此有坚定不移的信念。

我不懂什么会让人不死的文字，不过他说对了一件事，我们还得赶路，沿着输水管道前进，小心避开锈蚀的穿孔和会绊倒我们的乱七八糟的东西。

管道内有些地方会产生回声，使我们的脚步声宛如军队在行军；有些地方则半点声响也没有，甚至不见一只受惊的老鼠。莱特说这是一种叫"声波"的反应，但我认为输水管和动物一样也有情绪，有杂乱的情绪、安静的情绪、黑暗的情绪。有时它带给人和平安详的气氛，仿佛它要让我们有安全感；有时我又会感到恐惧，两个膝盖仿佛螺丝松脱了似的。然而我们的感觉不重要，输水管道不在乎，输水管道只是让我们一直走下去。

我一直盼望莱特停下来歇一会儿，因为他年事已高，而且累坏了，但他依然埋头往前走，从不抱怨。好一阵子之后，我才认清，原来他的内心比外表强大多了。他有时和输水管道一样安静，有时又喋喋不休地诉说着一些有关书籍、文字和其他一些再也没人关心的事。

有一次他说："名字有什么重要，憨头？你应该比谁都更清楚。"

"名字不过是一个词，"我说，"没什么重要。"

"不重要？那奥德修斯呢？"

"谁是奥——德——修——斯？"

"奥德修斯代表许多含义：一个名字，一则神话，一个词。"

"是吗？"我说，"一个没人知道的词。"

"一个我知道的词，等你听过之后，你也会知道。"

"好，"我说，"你说吧，我洗耳恭听。"

莱特满意地咕哝着说："一开始，奥德修斯和许多人一样，不过是个凡人，但他完成了一次漫长、危险的冒险之旅，差不多和我们一样，于是他的故事被代代相传，最后变成一则神话。后来，他的冒险事迹被写成一本书，他的名字因此被称为奥德赛，意思是'漫长的冒险之旅'。"

"无聊的名字。"我不屑一顾地说。

"哦,那'憨头'不也是个无聊的名字?"

我立刻停下脚步,很想看看他脸上的表情,但是太暗了,看不清。"你是在故意讽刺我?"我伸出手指戳着他瘦骨嶙峋的胸膛,问他。

"不,"他平静地说,"我是想让你思考。"

"我不需要思考!"我对他说,事实上,我是在对他吼,"我只要继续往前走,直到我们抵达目的地,可以吧?所以,不要再谈什么词啊、神话啊,那些你最爱胡说八道的老掉牙的玩意儿,一直往前走就是了!"

此后,好长一段时间,我们都一直保持沉默。

第十四章

搭救美少女

我们终于走到输水管道断裂的地方,外面的世界正熊熊燃烧着。

我在几英里之外的地方便闻到了,开始时只是从鼻尖闻到一点烟火味,过了一会儿,舌头上也感觉到了,有点沙沙的、苦苦的,还带点辣辣的味道。我们越接近,空气中那股烟火味越强烈。莱特被熏得直咳嗽,他越咳嗽越显得衰老,我开始担心他会把肺咳出来。

"我没事。"他一直说,"一点烟,不碍事。"

回头已经是不可能了,要是回头,我们就永远见不到豆豆，何况后头还有许多人在追我们。因此，即使脚下的输水管道开始发烫，我们仍旧继续往前走。

我们在烟雾中又走了很长一段路，大家都不怎么开口——仿佛浓烟把我们的话都熏干了。当我开始担心我们可能走不下去时，莱特却边咳嗽边说："快到了。"

最后一段输水管道从水泥塔墩松脱，落在地上，因为角度很陡，我们必须十分小心才不至于滑落到地面上。但是也有个好处：越接近地面，烟雾就越稀薄。

结果残破的管道有一部分插入地面，最后的好几英尺我们是边挖边爬才出了输水管道。

我们首先看到的是地平线上的大火，乍一看，仿佛太阳融化了，眼前的一切都在熊熊的火焰中。

"看那边，"莱特说，一脸诧异，"整个地区都烧起来了。"

浓烟带来恶臭，那种臭味使人感到纵火者比大火本身更加可怕。我的胃开始作怪，不仅仅是好长时间没吃东西的缘故。眼前的一切都笼罩在熊熊烈火中：建筑物、收纳箱、街头的棚架、人身上，甚至连大地都在燃烧。

我心里很害怕。很想回到输水管道里躲起来。但我很清楚，事情没那么简单，我们已经被困，万一不小心，很可能会陷入火海。

莱特靠近我，小脸也贴在他身旁。"我们唯一的办法就是靠在一起。"他说。

浓烟使能见度变得很差，但我们可以听到暴民的叫嚣，像猴男发出的那种动物似的嚎叫，甚至更恐怖，更不像人的声音。看来猛哥那一关所发生的事件，这里也发生了，只不过可能持续更久。

这时，嚎叫声中出现一个异样的声音，一个女孩的喊叫声："不要过来，我警告你们！放我走，否则你们会自食恶果。"

女孩的声音虽然有点恐惧，但十分坚定，仿佛她并不相信什么人胆敢伤害她，包括那群暴民。

浓烟散去，我们看见她了，一个高挑的美少女站在一辆抛锚的太空车顶上。她没有穿贴身甲胄，身上只有一袭轻薄闪亮的白袍，头戴一个银色的头饰。嚎叫的群众团团围住太空车，抢夺一包包吃的东西，脏污的脸上沾满了食物。他们有的手上挥舞着火炬，一面伸手去抓她的脚脖子。

"我是拉娜雅，伊甸之子！"她大声说，"碰我者死！"

是那个普鲁女孩，麦西商场那个女孩，那个问我叫什么名字的女孩。比利·毕兹莫说过，假如我再见到她，最好快逃命，因为普通人与普鲁人接触是禁忌。可是莱特和

我如果不插手，眼看着她就要被放火烧死或者被撕成碎片。

"你确定就是她？"当我告诉莱特时，他问我。

"确定。"

"她是谁都是次要的问题，"莱特的两眼一亮，"美丽的少女，不能见死不救。"

"我们该怎么办？"

莱特想了一下，用他那苍老浑浊的眼睛看了看疯狂包围着太空车的乱民，又看了看燃烧的建筑。

"你在这里等我的信号，然后全力冲刺。"

"什么？"我说，"你在说什么？"

但莱特已经消失在浓烟中，我赶紧抓住小脸的手，免得他也不见了。"疯老头，"我对小脸说，"他在打什么鬼主意？"

不一会儿，浓烟中传出喊叫声："有吃的！抓住他，他有吃的！"

乱民一听，立刻忘了要抓那个普鲁女孩，他们嚎叫着挥动火炬冲进浓烟中，随着杂沓声追过去。他们几乎是盲目的，仿佛他们眼中只看得见他们想要的东西——食物，能充饥的东西。

我和小脸冲到太空车旁，那个普鲁女孩望着浓烟，几乎不敢相信乱民已经放过她了。

"快,"我对她说,"我们必须离开这里。"

"你是那个奇怪的男孩,"她喊道,认出了我,"那个叫憨头的男孩。"

"快,"我说着,伸出我的手,"他们还会回头。"

普鲁女孩抓着我的手跳下来,"他们为什么跑掉了?"她问。

"待会儿再解释。"我对她说,"你的太空车损坏得严不严重?还能跑吗?"

"我不知道。"她说,"他们不知从哪儿冒出来把我们团团围住,我的技安发现我们不能动弹,就一个个都逃走了。"

"进去!"我催促她,一面在浓烟中搜寻乱民回头的踪迹。

"不许用命令的口气跟我说话。"她高傲地说,俨然是世界的女王,"你知道我是谁吗?"

"知道。"我说,"你要是再不闭嘴赶快上车,你就是死定了的普鲁人了。"

她用不屑的眼光瞪了我一眼,和她看乱民的眼光没有两样,但还是钻进太空车。我和小脸也跟着挤了进去。

"你会开这玩意儿吗?"我问她。

"关门!"她说。我还在到处找门把手,门却自动关上了。

97

是声控的，普鲁人当然会有最新的机种。

"前进！"她下令。太空车开始移动。

视讯屏幕中只见浓烟与废墟。我很高兴能坐在太空车内，远离那群嚎叫的乱民，但心里还是为莱特担忧。当他对着一群饥饿的乱民大声喊出"有吃的！"，心中一定早已知道后果是什么。这个时候他们或许正在肢解他，而我们却逃之夭夭，这恰恰是他的计划。

"你在这里做什么？"我问普鲁女孩。我相信，一旦莱特出事，那都是她的错。

"分送食物。"她不屑地说，"难道你没发现，那些人都快饿死了？"

"我发现了，"我说，"饿到几乎要把你吃了。"

"他们不敢！"

我正想问她改良过的基因有没有包括大脑——她怎么会这么蠢？——却发现前面有个人在浓烟中奔跑。

"停车！"我大叫，太空车立刻紧急刹车，力道之猛连安全带都来不及反应缩紧。

"你在干吗？"普鲁女孩问，"你好大胆，竟敢对我的车发令！"

那是莱特，他那身褴褛的衣服更破了，两手都破了。

他疯了似的朝我们笑着招手。

"这个门怎么开?"我问那女孩。

"为什么要开门?"她反问我,用有点蛮横的口气。

"因为那个老头刚刚救了你。"我对她说。

她张嘴显出一副恍然大悟的样子,立刻改变态度,说:"开门!"

车门往后张开,我伸手去抓莱特,一把将他拖进来。饥饿的乱民纷纷跟在他后面从浓烟中冒出。"走!"我大叫,"走!走!"

片刻之后,我们以最高速前进,在残破的废墟上颠簸冲刺,穿梭在烧焦的建筑物之间,直到寻出一条通道。普鲁女孩端坐在仪表板前,简短利落地发号施令,带着大家脱身。

莱特坐在我旁边笑,举起他的手臂给我看他的伤痕。"他们想吃我,"他不可思议地说,"可见他们有多饿,饿到连一个骨瘦如柴的老家伙都想吃。"

"那你还笑?"我问他。

"我在笑吗?我不知道。大概是松了一口气吧,我猜。我很庆幸我还活着。"

我也很高兴,但我不知道该如何表达,因此我伸手捏了一下他皱巴巴的手。

"很好！"我喃喃地说，"很好！"

由于使用氦气的缘故，太空车的时速可高达二百英里，换句话说，我们大部分时候是悬浮行驶。导航系统使我们不至于撞上隐藏在浓烟中的建筑物，或者碾过奋不顾身朝高速行驶的太空车扑上来的疯狂乱民。普鲁女孩依旧端坐在驾驶座上，注视着屏幕与显示器，但太空车是自动驾驶的，服从她的口头指令载我们去"安全的地方"。

三分钟后，太空车速度慢了下来，最后停下来。视讯屏幕显示那是一处灰色的荒凉地带，没有人，没有建筑，没有断墙破瓦，没有熊熊大火，没有浓烟，什么也没有。

"我们暂时安全了。"当太空车停下来让引擎空转时，普鲁女孩说。

"这是什么地方？"莱特问。

"普通人叫它'禁区'，我们只是简单地叫它'那个区'。"她说着，并从驾驶座站起来。

"啊，"莱特点头，"这儿还埋有地雷吗？"

普鲁女孩意味深长地看了他一眼，仿佛在说"他怎么会知道？"，然后点头。"当然。"她说，"地雷是伊甸的第一道防线，这部车有解除地雷的密码，要不然，我们早被炸成碎片了。"

"那我们不能出去活动了？"他微微一笑，无奈地问。

"想活命的话就别出去。"她说。她迟疑了一下，神态是如此高贵而美丽，完美得令我心痛。这是我面对普鲁人时一贯的反应，提醒我身为一个普通人是多么可悲。"对了，"她对莱特说，"谢谢你把暴民引开。"

"不客气。"莱特优雅地回答，"也谢谢你救了我们。"

她严厉地瞪了他一眼，仿佛他说错话。"哼，他们不敢伤害我的。"她说，"尽管他们肮脏无知，而且处于饥饿状态，但他们也还是明白他们不能去碰普鲁人。"

莱特仿佛在内心暗笑，但他的口气却十分严肃，"或许吧。"他说，"总之，我们这些肮脏的、无知的普通人非常感激你的援助，为此，我们还有一个请求。"

她挑起她那完美的眉毛，"哦？"她说，那声音听起来很酷。

"拉娜雅——我可以称呼你拉娜雅吗？"

她的反应介于点头与耸肩之间，好像是表示无所谓一个糟老头怎么称呼她。

"拉娜雅，我的小朋友和我有个任务，我们必须继续闯关，赶在一切都太迟以前找到一个少女。"

"太迟？"拉娜雅问，"'太迟'是什么意思？"

我的喉咙这时总算开始发挥作用，我把信差送来豆豆消息的事叙述一遍，告诉她豆豆如何在病中，希望死前能见我最后一面，以及我们如何拼命赶路想去见她。

拉娜雅听了，眼中的冰霜逐渐化解，一时看上去几乎和普通人没什么差别。"这个女孩是你的亲妹妹？"她问。

"她是我的朋友。"我说。

拉娜雅点点头，她想了一下，说道："我送你们去。"

第十五章

飞越雷区

飞越雷区有种非常奇特的感觉,因为正如拉娜雅所说,万一稍有差池,车子无法送出精确无误的信号,我们立刻会被炸得粉身碎骨。但她似乎一点也不担心,她对于我们的所在地和我们要去的地方都非常熟悉,毫无疑问,我们会毫发无伤地抵达目的地。

"伊甸在厄布的中央。"她解释说,用手指敲敲导航仪,"禁区围绕在伊甸四周,所以我们只要环绕雷区便可以抵达任何一个关,没有问题。"

"没有问题?"我问,表示怀疑。

"我经常这样来来去去的。"她傲慢地说,"难道你什么都不懂吗?"

我本该为她用这种口气对我说话而生气,但是我没有。身为普通人,你很自然会觉得被普鲁人轻视是天经地义的事,因为他们光是瞄你一眼就是给你天大的面子了,真的。因此我闭上嘴巴,静静地听拉娜雅说话。我喜欢听她说话,即使骂我蠢也好。她美得令我看她一眼都会觉得心痛,但那种痛的感觉也很好。这话听起来也许有点不合情理,但我发誓那是真的。

普鲁人。比利·毕兹莫说得好:就算他们十全十美,充其量也不过是个祸头子。

"拉娜雅,"莱特以极正式的口吻说,"恕我冒昧,请问你的监护人对你出游厄布有何看法?"

"那是我的事。"她对他说,"我不需要当着普通人的面自我评断。"

莱特似乎觉得她的反应很有趣,"对,你当然不需要,"他说,"因为你认为我们普通人的生命价值远低于你们基因改良人,但我注意到你有意和我们接触,为什么?是为寻找刺激?是出于危机意识?还是有其他更重要的因素?"

拉娜雅皱着眉头,这使她显得更加美丽,"你知道,我并不一定要帮助你们。"

"我知道。"莱特说,"但是你会。"

"哦,是吗?"拉娜雅不高兴地说,"你凭什么这么肯定?你又了解我多少?"

"我知道在你心中,有勇敢和善良。"他说,"这不是基因改良的结果,人不能像改造鼻子般改造善良。"

"我的鼻子有什么问题?"拉娜雅说着,摸摸她的鼻子。

"一点问题也没有。"莱特说,听他的口气似乎觉得好笑。

"你是个傲慢的老头!"她气呼呼地说,"你没有权利说这种话!"

"没有权利说你勇敢善良,还有一个完美的鼻子?"莱特忍不住笑道,摸摸他凌乱的胡须,"慢着,我明白了,你真正的意思是,一个普通人没有权利和一个伊甸之子平起平坐,平等对话。是的,一定是这样,"他好笑地说,"你很自然会这样想。你从头顶到脚趾,这中间的每一粒染色体,都带着天生的优越感。但你还是到处闯关,先是体验冒险,然后展开救济,这证实了我的第一印象:虽然你是这种血统,但你有颗善良的心。"

拉娜雅听后只是哼了一声,转头专心注视仪表板,装作毫不在意老掉牙对她的看法,而事实上连我这种超级愚钝的普通人都看出了她十分在意。

自从我们逃出险地后，小脸一直以仰望太阳的姿态凝视她，当她把注意力转回仪表板时，他爬出他的座位挨近她，那模样似乎有点怕被太阳灼伤，却还是愿意冒险接近她。

"巧克力？"他细声细气地问她。

拉娜雅并不正眼看他，却问："这个孩子饿了吗？"

"他一直没饱过。"我说。

"告诉他我没有巧克力，都被乱民抢走了。"

"你自己告诉他。"我说。

"你竟敢如此无礼！"她说。

"我不是无礼。"我尽可能和颜悦色地说，"小脸不过是想要引起你的注意，才会向你要巧克力，他只会说这个。"

拉娜雅转过她美丽的头对着我，"你是说，他只会说'巧克力'这个词？"见我点头，她说："我们来试试看！"然后她含着笑对小脸说，"我叫拉娜雅，你会说'拉娜雅'吗？"

小脸爬回他的座位，挨着我，避开普鲁女孩美丽的眼睛。

"我做错了什么？"拉娜雅问，有点沮丧。

"你没错。"莱特安慰她，"他是个野孩子，没爹没娘，没人照顾他、抚养他或教他如何做人,他活得像只动物,不会说话。他用形象而不用文字思考。"

"好奇怪!"拉娜雅惊奇地说。

莱特哀伤地摇头:"不奇怪,他这种情况在每一关都是司空见惯的现象,而且一天比一天普遍。"

仪表板忽然传出计算机的声音:"巡逻车接近。"

太空车转弯加速往前开。

"怎么啦?"我问。

"伊甸的巡逻队。"她说,"我们不应该出现在这里,谁都不能进来,所以才叫'禁区'。"

"是。"我说,感觉到全身麻木。

"假如他们逮到我们,我们会被拘禁吗?"莱特问。

"他们不敢,"拉娜雅说,"但我会被投诉。"

从她的话里听来似乎投诉比拘禁更糟,不过太空车终究还是顺利避开了巡逻车,不久我们便穿越禁区,进入另一关。

这是豆豆居住的那个关,要是她还活着的话,但我一点也不敢想,所以我不想。她当然还活着,她一定得活着。我们这么历尽千辛万苦来找她,豆豆不敢不活,不是吗?

"有什么问题吗?"莱特问我。

"没有。"我回答他,"我很好。"

"哦——哦。"拉娜雅又开口了,但这次不是她所担心的伊甸的安全巡逻队,而是骑着喷气式脚踏车,从四面八方倾巢而出,冲着我们而来的蛮靼人,个个挥舞着霰弹枪,强逼着我们停车。

其中一个骑着一辆超大的喷气式脚踏车,高高在上,雄壮威武。这个人我认得,是一个我希望永远不再见到的人。

她是罗蒂·盖世,蛮靼子的首领,蛮靼关的关主。

第十六章

蛮靼关女王

女关主，蛮靼关女王，利爪，白寡妇。

罗蒂有许多绰号，没有一个是好的。"利爪"之名是由于她的长指甲上附着特制的刀片，能在你毫无知觉的情况下，划伤你。"白寡妇"之名的由来，是因为她大部分的情侣似乎都活不长。她还有许多别的绰号，只能私底下偷偷说的绰号，万一给她听见准保你没命。

罗蒂·盖世第一次也是唯一的一次注意到我，是我被赶出养父母家那一天。那天罗蒂用她那剃刀般的利爪搔我，又用石像般的眼光看我，说："你的血统不好，孩子，我们这关留不得你,你说呢?"

现在,我们刚一跨入她的势力范围,就被她的爪牙包围了,似乎他们早就知道我们要来。

"不要担心。"拉娜雅说,语气显得很乐观,"他们都认识我。"

我还没来得及开口,她已经把车门掀开,挥手招呼:"我来做买卖!"拉娜雅宣称,"让我通过!"

蛮鞑子的喷气式脚踏车响声震天,四周的空气有如果酱般浓稠,肉眼都几乎可以看到正在滚动蒸发的噪音。脚踏车喷出的火焰把地面都烧焦了,一帮蛮鞑子狰狞地笑着,仿佛迫不及待地要动手伤人。

罗蒂·盖世举起一只拳头,等引擎声都停歇后,她站在座椅上,狠狠注视着拉娜雅。大多数普通人都不敢这样瞪着普鲁人看,但罗蒂不管这一套。

"你做什么买卖?"罗蒂问。

我和莱特、小脸都躲在太空车内看着视讯屏幕,即便如此,我也听得出拉娜雅被这句话问得一愣,显然以前没有人这么大胆发问。"呃,嗯,日常用品,"她说,口气不是很肯定,"有问题吗?"

"是的,有问题。"罗蒂说,"有人把大脑探针走私进关,探针在这里是违禁品，走私探针要判处死刑的。"喷气式脚踏车的引擎齐声发动，仿佛应声附和。

"我不是走私客，"拉娜雅抗议，"我不知道什么大脑探针的事。"

"不知道？"

罗蒂跳下脚踏车，一双马刺靴以登上宝座的姿态爬上太空车车顶，两眼直视拉娜雅。围绕在四周的，有大约五百名她最优秀也是最狠毒的手下，个个配备霰弹枪、利刃与十字弓，只要罗蒂一声令下，他们定会决出胜负；这是蛮鞑子的规矩，而通常赢的是他们。

"你里面藏着什么？"罗蒂问。

"藏？"拉娜雅说，"没有哇。"

"我们马上便知道了。"罗蒂说着，一手把拉娜雅从车门拉出，放在车盖上。拉娜雅一脸吃惊，她的世界似乎被这个举动给颠覆了。

我们知道下一步举动，是罗蒂从打开的车门往里看，见了我们，她似乎一点也不惊讶。"两种选择，"她露齿而笑，说，"自己出来，或者我用燃烧弹把你们连同这辆车一起烧了。"

我们当然选择出去。莱特一马当先，接着是小脸，然后是我。

"我可以解释,夫人。"莱特用最尊敬的口气说。

"别跟我来'夫人'那一套,"罗蒂怒斥道,"也不用解释,我只相信自己的眼睛。"她狠狠地瞪着我说,"我看到的是一个叛徒,一个破坏规矩的家伙,一个闯关者。"

"不要伤害他们!"我说,"他们只是来帮忙的。"

罗蒂听了似乎很高兴,"帮你违抗关主命令就是死罪,"她说,"你知道吗?"

我点头。

"我们都知道。"莱特说。

"闭上你的臭嘴,老家伙!我在和这个憨头小子说话。告诉我,憨头小子,我这关有什么东西值得你冒生命危险来闯?"

我的心脏在猛烈地跳动,我几乎无法思考,但我知道如果不主动告诉罗蒂,她早晚也会逼着我说出来。"我妹妹,"我告诉她,"我想见我妹妹。"

我有个感觉,罗蒂已经知道我来的原因,从比利·毕兹莫那里听到的风声。听说比利过去曾经是她的爱侣,少数几个幸存者之一,这也是为什么每当发生关与关之间的战争时,罗蒂与比利总是站在同一阵线的原因。

罗蒂把脸贴在我面前,近到我都可以闻到她喷出的怒火的焰气，有点像雷击过后的味道。"给我一个理由，"她说，"一个让你活着的理由。"

"让我见豆豆，我随你处置。"

她把利爪伸向我的下巴，"这不是理由。"她说。

"求求你！"

"我们的规矩是不准求情，憨头小子！"

我决定最好还是闭嘴，罗蒂只是在耍我们，她并不真的在乎我们为什么出现在这里，或我们要什么。"你要随我处置，啊？"她说，开始动脑筋，"嗯，这倒有意思，让我和我的战士们商量商量。"

从罗蒂大步走向蛮靻子的姿态，你便知道她真的统治着她脚下这块土地。我们听不见她的手下说什么，但有几个在交头接耳时边瞄着我们边点头。

过了一会儿她回来。"我，罗蒂·盖世，蛮靻子女王，本关关主，现在交给你这个任务。替我找出探针走私客，把这个害虫交到我手上，憨头便可以探望她生病的妹妹。这是我的裁决。"

莱特摸着他的胡子说："可是，夫人，那时候就来不及了，我们必须——"

"住口！"罗蒂尖声说道，"照我的命令去做，老家伙，把探针走私客给我带来！不从命便永远待在这儿！"

就算我们敢反对，我们的声音也无法盖过震耳欲聋的喷气式脚踏车引擎声，以及蛮鞑子兴高采烈为他们的女王欢呼的声音。

"利爪！利爪！利爪！"群众齐声吼叫，"利爪！利爪！利爪！"

最后她往凉爽的灰色天空挥了挥利爪，并意味深长地看了我一眼，意思是说：我可是跟你玩真的，小子，给我找出探针走私客，不然别想离开。

第十七章

盲目地寻找探针

拉娜雅问能不能直接逃走。"我是说,难道不能找到你妹妹后就逃走?"她问。

莱特叹口气,望着我,似乎认为应该由我来告诉她。"罗蒂会监视我养父母家。"我解释道,"我光是闯关就给他们带来许多危险。我们别无选择,一定要找到这个愚蠢的探针走私客。"

有些走私客传递的是消息,但有些走私客传递的是交易品、违禁品。罗蒂一向禁止在她的领地使用探针,想必她已经看出邻近各关花在探针上的时间比做正经事的时间多得多。

"她是个聪明的领导者,"莱特说,"残酷,但是智慧过人。要是猛哥有她一半聪明,今天他依旧还是'伟人猛哥'。"

我们回到太空车,有意和蛮靼子保持一段距离。我原以为他们会跟上来,但是没有,也许罗蒂认为她不跟上来,我们才有更多机会找到走私客。问题是,我根本不知道从哪个地方着手。我觉得我好像正缓缓跌落在一个无底深渊中,越是想爬出来,便跌得越深。最糟糕的是,我还拖累大家陪我一块儿跌下去。

"我们必须开动脑筋。"莱特说,"大家都要想办法,集思广益,想出一个权宜之计。"

太空车开到一处荒僻的地方停下,本地人——记得吧,我也曾经是本地人——叫它"砖场",因为早年的一些建筑如今都已倒塌,成为一堆堆的残砖碎瓦,逐渐风化成尘土。这一带早已无人居住,换句话说,不见任何两条腿生物的踪影。从屏幕上看,那些长尾巴的啮齿类动物都躲在堆积如山的砖块隙缝间,红眼睛一闪一闪地眨着,就像星星一样。在某些夜晚——最黑的晚上——"砖场"会活了过来,到处听得到窃窃私语的声音,仿佛所有老鼠都同时开口说话。

我没提到老鼠,但莱特发现我在打哆嗦。

"我们会想出办法的。"他信心十足地说,"拉娜雅,亲爱的,你想出什么办法没?如果只有你一个人单打独斗,你会如何打听探针走私客?"

拉娜雅耸耸肩,"不知道,我猜先找出哪里可以买到探针吧。我会从这里下手。"

"好极了!"莱特说。他每次一激动起来,表情就显得年轻了许多,仿佛灵机一动有减龄的魔力。"这就是单纯的好处,"他说完,搓着两只干枯的手,"最好的构想来自单纯。可不是,孩子,我想你已经抓到重点了。如果我们能找到这个违禁品的源头,或许就能和供应者搭上线,也就是说那个探针走私客。"

我的脑子立刻闪过一个念头,"如果我们假装要买卖探针呢?"我问。

"对了!"莱特说,"对了!对了!让他主动来找我们。太妙了!"

于是我们密谋化身为罪犯,混进极危险的交易世界,这里所涉及的买卖都是蛮鞑女王这一关禁止的东西。

拉娜雅带我们去"交易村",这里有几百个做买卖的摊位,连乞丐也在这里进行交易。她以前曾经来过,知道要在什么地方下车,又应该去见什么人。

"让我来说,"她说,"他们认识我。"她美丽的鼻子高高抬起,提醒我们别忘了她是"基因改良的完美小姐"。

所谓交易村,其实就是一些摊位、简陋的小屋和避难所,混杂集中在古老的高架铁道底下。听说从前的火车都在空中穿行,从头上呼啸而过。这些火车因为速度太快,经过时往往卷起一阵强风,是一种超音速的火车。这个传言也许是真的,但这样的火车早就消失了,只留下眼前古老的高架道系统,隔一段时间还会有一小段从半空中倒下来,但这并不能阻止商人聚集在这里进行交易、讨价还价——有时甚至乘机行窃。

听说"交易者"的另一层意思就是"窃贼"。我不知道这是不是真的,但你必须非常谨慎,不然的话,你走进一个买卖服装的摊位——举个例来说——结果很可能出来时连身上的衣服也不见了。我知道有这回事,因为我自己就曾经亲身经历过。我以前的父亲查理当时对我说,我得到了一个很好的教训,这个教训比我身上那件旧衬衫有价值得多。而我却认为最好的教训是"千万不要向查理诉苦",还有就是,正如通常所说,除非要交易的货品已经摆在桌上,否则不要轻易让你的东西离手。

拉娜雅带着我们走向交易村人口最密集的地区,也就是锈蚀斑斑的铁道底下。那里可以遮挡一点毒辣的阳光或酸雨。摊位上展示着来自厄布各地区的货物,有西关的靴子、著名的"野兽女奴"织的天鹅绒斗篷、五金厨具、各种食物、武器、盔甲、异国迷魂香、草药、药剂、全息图和3D立体图、廉价的家具(漏气的充气椅)、昂贵的家具(不漏气的充气椅)、打击乐器与长笛、三条腿的狗(会叫会咬,就是不会跑!)、二十八种口味的面条,最后还有、但绝不是最少的——巧克力。

首先,拉娜雅用她的耳环换来一些食物。她给小脸一块巧克力,小脸不等把糖果纸全部撕开,脸上已经笑得开了花,仿佛刚刚被任命为关主。"巧克力!"他高兴地说着,抱住她闪亮的白袍,"拉——娜——雅,巧克力!"

我一听,整个人惊呆了。我不止一次救过这个小家伙的性命,还让他跟着我们,结果他学会喊她的名字,而不是我。拉娜雅看我一眼,意思是:瞧见了吧,我早说过。但我又假装毫不在意,我们还有更重要的事要操心。

"往这边走,"拉娜雅说,"我知道该见什么人。"

她带领我们来到一个较大的摊位,那里有三个美丽的少女在贩卖各式各样的迷魂香。她们首先向莱特进攻,举着香精瓶娇声说:"兰花香精!玫瑰香精!来啊,老先生,闻闻看！"她们以为他会买迷魂香送给那个美丽的普鲁少女。

莱特含笑挥手拒绝，拉娜雅却开门见山地说："我要见你们老板。"她把声音放低，"班德在不在？"

"班德永远都在。"其中一名卖迷魂香的少女用颤音说。然后她发出一种奇特的、鸟叫般的声音，介于吹哨与笑声之间。一名男子立刻从摊位后面掀开帘幕走出来。

当他认出谁在找他时，班德的脸色为之一亮。"亲爱的，"他说，"这是多么令人欢喜的意外！"

有句俗话说"像有钱人那么胖"，那是因为只有有钱人才能有足够的食物吃胖，如果这句话属实，那么班德一定非常非常有钱。他所表现出来的富裕正如男人穿戴盔甲一般明显，而且他不时拍他那一圈隆起的肚子，仿佛借这个动作来肯定那团努力积聚而来的肥油确实能好好地保护他。他的脸和他的身子一样圆，一样痛快。班德身上没有一处地方不是看起来欢天喜地的样子，只有他的眼睛例外，那是一对小而明亮、目光锐利的眼睛。他一面小心翼翼地打量我们，一面用手指摩挲着和他乌黑的胡须编织在一起的小金环。

"你换了新的护花使者了，亲爱的，你的技安人员惹你生气了吗？"

"可不是嘛。"拉娜雅说，并不多做解释。她对班德示意，叫他靠近一些，这个动作使班德显得有点不安。"我想买点探针，班德。"她快速地小声说道，"你能帮我吗？"

班德瑟缩一下，仿佛被她砍了一刀似的。"哦，不，亲爱的！探针在这里是违禁品！光是持有探针就要立刻被处死的，买卖探针的下场更惨。"

"比死刑更惨？"拉娜雅好奇地问。

"哦，当然，有很多状况比死刑更惨，那是女王的拿手好戏。不要提探针吧，求求你了！"

"可是普鲁人不受这些规矩的限制。"拉娜雅说，又哄他，"我总可以例外吧？"

她伸手想摸班德编织在胡须上的小金环，但他迅速抽身。"不，亲爱的，不可能！"

"可是你以前不是有好几次例外？"

班德用力摇头，因为摇得太猛了，胡子上的小金环互相碰撞发出叮当声，他的多层下巴也跟着猛烈颤动。"探针不行，我亲爱的，探针绝对不行。其他任何东西我都乐意交易，但是那个不行。黄金、白银和宝石，这些我都拿得出来，但是那个不行。"班德缓缓后退，想要拉开他与这个危险的普鲁少女之间的距离，但她不依。拉娜雅终于抓到

他胡子上的小金环,把他拉近一些。她在他耳边细声说了几句,他畏惧地点点头,然后也在她耳边回了几句。

拉娜雅脸上带着神秘的微笑回到我们身边。"走吧。"她说,一脸高兴,"离这里不远。"

她带领我们离开摊位,走进交易村最黑暗的地区,到一个每间小屋门口都有武装哨兵守卫的地方。这里可以买到任何东西,从骰子到人,应有尽有。我的第一个动作是遮住小脸的眼睛,尽管我明白他其实看过更可怕的画面,就像每一个路边的流浪儿一样。

拉娜雅倒是似乎完全没注意到眼前的邪恶与肮脏,仿佛在她眼中这些都是不真实的东西。这使我不禁想到,也许在她眼中,普通人的世界都不是真实的,也许这就是为什么她会表现出好像任何东西都不会沾到她身上的原因,因为她把我们看成是一种刺激有趣的游戏,一种名为"普鲁公主闯天关"的游戏。

莱特看了我一眼,摇摇头。他一脸忧虑,如果不是为他自己,那么就是为我们全体。来到交易村这个地区,有去无回是司空见惯的事。我正想开口,拉娜雅突然举起手来。

"安静。"她说,"我们必须在这里等候复仇女神的检查。"

复仇女神。我心想,什么"复仇女神"?

不久，我看到他们了。他们穿戴黑色的全罩式斗篷，无声无息地从小屋之间现身。一直到他们贴近身旁，我才发现他们的骷髅面具和黑色的暗器，但这时已经太迟了。

第十八章

杀手的记号

复仇女神神不知鬼不觉地融入黑影中,是件令人吃惊的事。她们的骷髅面具就是杀手的记号。我当然听说过复仇女神,但是从未见过。顾名思义,她们应该都是女人,但是你看不出任何女性的特征,黑色斗篷底下有可能是任何人或任何东西。

听说复仇女神身手敏捷、来无影去无踪,出手只在一瞬之间。我只有紧紧抓住小脸,暗中期待拉娜雅知道她在做什么。

"欢迎。"当复仇女神悄无声息地将她包围时,拉娜雅平静地说:"我们来给维达·布里克送礼。"

当她说出这个名字时,我的心立刻揪成一团。维达·布里克是黑市交易的头头,他为人狠辣,和蛮鞑关女王不相上下。他交易的物品包括所有赃物与违禁品,任何人都不能从他那里得到好处后还能保住性命。看得出莱特也听说过布里克的大名,因为他的两眼睁得和玻璃石一样大。我们彼此互看一眼,但是不敢开口,生怕说错一句话便引来复仇女神的追杀。

拉娜雅却没有这样的恐惧。她完全不顾在她高贵的鼻子底下的威胁,平静地说:"我是伊甸之子,告诉布里克,我有非常紧急的事必须见他。"

我注意到她没有说"请"字,也没有对凶恶之徒示弱。我心想这个普鲁女孩笨得可以,竟敢嘲弄复仇女神。但我又想,她真是勇敢得可以,令我望尘莫及。

"快!"拉娜雅催促,"我们没有多余的时间!"

那倒是,我心想,一面盼望那些匕首够快够锋利,免得我们受太多苦。接着,我还没来得及呼出一口气,复仇女神忽然又消失了,一个身材矮小的、秃顶的男人从黑暗中出现了。

"送礼?"小个子男人问,"我听到的是'送礼'这个词吗?

除了你的性命之外，你还带来什么？"

维达·布里克短小的双臂环抱胸前，用好奇的眼光仰头注视着拉娜雅，仿佛发现了一颗罕见的宝石，渴望从镶嵌宝石的座子上把它摘下。他全身上下唯一称得上大的地方是他的一双眼睛，闪耀着精明与狡诈的光芒。拉娜雅的身高几乎有布里克的两倍，但他似乎一点也不在意。当你手中有复仇女神可以使唤时，身高多少已经不成问题。

"你要什么，"拉娜雅说，"我就有什么。"

"你有钱，"他耸耸肩说，"反正所有的普鲁人都有钱，你到底想要什么？"

拉娜雅用一根指头敲敲她的额头，"探针，"她说，"大脑探针。"

布里克咧嘴一笑，他的牙齿也是小小的，但他的笑容一点也不友善，那是一种恨不得把你咬碎了吞下去的笑容。当他挖空心思想占你的便宜时，你几乎可以听见他的脑子在嗡嗡作响。复仇女神这时已经隐没在他身后的黑影中，悄无声息地等候他的差遣。

"探针在这个关是违禁品。"他像在随便找个话题说，"你一定知道。"

"许多东西都是违禁品，"拉娜雅说，"所以才更值钱。"

"并不是每一种违禁品都会判死刑。"布里克说,摸摸他的秃头,"你知道上一个傻瓜对我提'探针'的后果吗?"

"我不是傻子,"拉娜雅提醒他,"我是伊甸之子。"

"哦,"布里克说,还是一样的语气,"你凭什么认为普鲁人就刀枪不入?如果砍普鲁人一刀,他不会流血吗?啊?这样吧,伊甸之子,咱们坐下来谈,这点我还办得到。来我的办公室。"

我们随着他进入一间小屋,屋内唯一的光源是一根蜡烛,勉勉强强把黑暗推开。我本以为像维达·布里克这样有权有势的人,办公室一定很豪华,不料眼前的一切都极为简陋。墙上光秃秃的,脚下的地毯已经磨到很薄,要是布里克有任何东西可以交易——他一定有——那肯定不是放在这里。但我很快便明白这里根本不是他的办公室,它只是一个方便的地点,距离最近的小屋。他一定认为我们不值得他盛情招待。

布里克在地毯上坐下,并且要我们也照葫芦画瓢。等我们都坐定,几个复仇女神立刻不声不响地滑进来,贴在墙壁上。静止不动的她们,宛如一尊尊穿戴全罩式斗篷的雕像。我怕极了她们,甚至不想知道她们在骷髅面具底下的真面目。

"这几位呢？"布里克指着我、莱特和小脸说，"他们是你的护花使者吗？"

"他们是我的朋友。"拉娜雅说，把我们的名字一一告诉他。

"憨头，"布里克说，直望着我，"我记得这个名字，你被逐出关了，不是吗？现在你又带着一个老头、一个小男孩和一个普鲁人回来。太奇怪了！你怎么解释？"

我故作轻松地耸耸肩，假装闯关不是什么大不了的事。"我，嗯，我想看看我的家人。"我对他说。

布里克似乎对我的解释很感兴趣，"只是路过打个招呼？"

"差不多。"

他露齿而笑，"撒谎不打草稿，孩子。我常觉得谎言比真相更有趣，更能够真切地诠释说谎的人。那你呢，老头子，你是什么人？"

莱特摊开双手，他的手微微颤抖，但没有我抖得厉害。"最后一次探险。"他说，"在生命之光熄灭前，把握最后一次看看这个世界的机会。"

布里克点头，转向拉娜雅。"最有意思还是你，"他对她说,"你假装对探针有兴趣,但我一眼便看穿你根本毫无经验。所以,你是为了其他目的而来打听探针情报的。毫无疑问,你是奸细。"

"不!"拉娜雅说。

"住口!"

复仇女神步步逼近,房间似乎立刻缩小了。

布里克的两眼发亮,仿佛蜡烛从他眼底点亮了,那种眼光是残酷而愤怒的。"你们普鲁人有个通病——以为所有的普通人都愚昧无知。你以为像我这种地位的人会是白痴吗?我告诉你,我美丽的普鲁小姐,我所交易的东西不只是违禁品,我还交换情报。我的情报告诉我,你是为了取悦关主而来出卖探针走私客。你能否认吗?"他平静地问,"嗯?能吗?"

拉娜雅摇摇头。

"好,"他满意地说,"你也许不知道,在某些方面,连关主都怕我,她以为我想除掉她,自立为关主。这点她倒聪明。不然,我干吗给她进贡,啊?她对我又没有任何好处,嗯?何况我的复仇女神随时可以无声无息地出击?告诉我,谁比较可怕,是那些粗鲁的、闹哄哄的蛮鞑子,还是我那安静的、狡猾的手下,嗯?"布里克不需要答案,他太得意忘形,而且他知道这样会使我们心生畏惧,因此他痛快淋漓地把心底的话都说了出来。"怕了吧?"他问,"你不知道你会卷进这种麻烦吧?"

拉娜雅深吸一口气,说:"我们可以走了吗?"

布里克笑起来,他的笑声像一连串尖叫,嘻——嘻——嘻,仿佛他把所有痛苦都储存起来,借着笑声来宣泄。"走,"他说,"我们才刚开始认识呢!"

"可是我们还得去找探针走私客。"拉娜雅说。

布里克摇着他那令人望而生畏的小脑袋,"你还没搞清楚,不是吗?我问你,是谁把探针和机器交给我们使用的?"

"我哪知道——"拉娜雅说。

"你不知道!探针,探针!谁在乎探针?连蛮鞑关女王也不在乎,她才不是真的要禁止它们,她要的是更多的进贡。"

"可是她说——"

"住口!"矮个子怒吼,他的口气凌厉又冷酷,像利刃一样快,"你真那么蠢吗,普鲁人?你不知道你和探针都来自同一个地方?"

"胡说!"拉娜雅说,有点慌。

"不是胡说,所有的探针都来自伊甸。"

"我不相信。"拉娜雅说。

"不相信?"布里克说,对她的否认似乎感到好笑,"看看四周,我们有这个本事自己发明大脑探针吗?或者发明使用探针的设备?我们这些必须向你们乞食的人?这些居住在脏污与绝望环境中的人?我们不得不冒着大脑变成糨糊的危险,利用探针来假装我们住在伊甸里,直到大脑烧坏为止?啊?啊?你的无知简直是个侮辱!我不管那个该死的蛮鞑关女王说什么,你才是愚蠢到不值得活下去。"

布里克轻轻举起他的左手,复仇女神立刻逼近,举起手上的利器。

"等等!"莱特大叫一声。

就在这一瞬间,空气开始震动,蜡烛熄灭,有个什么庞大的东西接近了,一种大到会卷起一阵强风的庞大家伙。我的心脏又猛烈跳动起来,一会儿工夫,那个声音把我们淹没了,是喷气式脚踏车震耳欲聋的怒吼,蛮鞑子进攻的呼啸声,和武器的爆破声。

复仇女神立刻带着布里克消失得无影无踪。小屋的墙壁立时分开了,喷气式脚踏车的引擎声震得我无法思考。

莱特张大了嘴巴说话,但我听不见他说什么,只见他抓起小脸,从分开的墙壁间钻进去,拉娜雅拖着我,我已经无法动弹,她立即给了我一巴掌。

这一巴掌果然奏效,我完全清醒过来,跟着拉娜雅,尾随她闪亮的白袍。天地在我们四周爆炸开来。我跳起来闪过一辆喷气式脚踏车,看见一名尖叫着的蛮鞑战士平静的脸,一名复仇女神骑在他背上,向我冲过来。我不知道结果如何,因为我拼命往夜色中奔跑,逃离疯狂的战斗怒吼,逃,逃,逃命去也。

第十九章

任由酸雨腐蚀

交易村已经空无一人,忙碌的摊位此刻变得空空荡荡的,而且用木板钉起来,只留下少数几个储物用的金属筒,想必是商人们在蛮鞑子呼啸而过时仓皇躲避时丢下的。

黑暗的天空落下微雨,滴答!滴答!滴答!滴在空罐上。

滴答!滴答!滴答!

我像傻子一样站在雨中,雨水顺着我的脖子流到背上,我心里和那些空罐一样空洞,几乎也要发出答、答、答的声响来,因为内心太恐惧了,恐惧到普鲁女孩打我一巴掌我才能动弹,恐惧到只能想到自己,恐惧到只想掉头就跑,甚至恐惧到无暇去想豆豆。

不，这不是真的，我确实感到空虚和悲苦，不过我想过豆豆。然而，我想的是但愿她没有叫人来找我，但愿我没来走这一遭。我为身陷蛮鞑女王与她对手的战争泥淖而责怪她，好像我的胆小与怯懦都是豆豆的错。

因此我站在酸雨中，任由温暖的酸雨啃食我的肌肤，心想让酸雨下吧，下久一点我便会被腐蚀，到那时我的问题也就不成问题了。憨头小子被腐蚀了，这倒是个好办法。

我正想张开嘴巴，看是不是能快些被淹死，却见莱特一跛一跛地冒着酸雨走过来，他吃力地拄着他的手杖，勉强支撑着身体，苍老的眼睛似乎承受着极大的痛楚。他勉强对我微微一笑，说："你也逃出来了，很好！"

好什么？我心想。"你受伤了。"我对他说。

"擦伤而已。"他若无其事地说，"不严重，有一辆可怕的喷气式脚踏车把我撞倒了。总有一天我会毁在他们手上，但不是今天。"

"其他人呢？"

"拉娜雅和小脸去取太空车了。"他说。然后他看着我，目不转睛地看着我，说："怎么啦，孩子？你受伤了？"

我摇头，避开他的视线。

"啊,"莱特恍然大悟说,"你因为害怕所以逃跑。那又怎样?我们大家都逃跑了,他们人太多,我们人太少,我们还能怎么办啊?"

我耸耸肩。

"这说不定对我们反倒有好处。"莱特说,想逗我高兴,"显然蛮鞑女王只是利用我们引出维达·布里克和他的杀手,利用我们分散他的注意力好攻击他。我怀疑她根本不在乎大脑探针的邪恶,或者她在乎,谁知道呢?重要的是,此刻她正忙得不可开交,她正带着她的手下战斗,所以我们的障碍解除了。"

我始终注视着湿漉漉的地面,像个大傻子一般,只会说:"啊?"

"你养父母家,"莱特说,"你的妹妹,蛮鞑女王没空分出人手来监视他们,她正忙着决斗。"

如果不是因为情绪太低落,我也能想到这一点。老头子说得对,我们几乎抵达目的地了,要是动作快一点,几乎没有任何东西能阻挡我们。刹那间,我这才意识到正在下雨,我能感受到的是一股想见豆豆的冲动。要活下去,我心想,拜托你一定要活下去。

我为你而活,现在你也要为我而活。

对于重装甲车来说，太空车确实安静得令人惊奇。拉娜雅开着太空车在我们身后滑行，我们先是听到她的声音在说："快呀！"接着听到"拉——娜——雅，巧克力！"这是小脸的声音。原来她让小脸假装驾驶太空车，他在驾驶座旁动来动去，咯咯笑着，模拟各种爆炸声。一个或许是蛮鞑子来袭时从地上捡到的小东西，现在成了他的玩具了。

普鲁女孩问我养父母家在哪里，我告诉她之后，她给太空车输入程序，我们便出发了。

莱特坐下时发出一声痛苦的呻吟，但挥手拒绝任何协助。"这是战利品。"他痛苦地说，"战争和岁月的结果，没事，到了以后再叫我。"他说，一会儿就睡着了。

睡觉？在我们经历这么多惊吓之后？我不明白他怎么能睡得着，我的血脉里还有触电的感觉，拉娜雅似乎也一样激动，好像会不由自主地跳出太空车拔腿就跑。

我很想告诉她，她有多么勇敢、多么完美，但我内心却有某种因素不让我开口，也许是我不愿意再提醒自己她打我一巴掌、救了我的性命的那一刻，我是多么恐惧。

"你注意到没？"她问我，美丽的眼睛闪耀着兴奋的光芒，"你发现了没？"

我不明白她在说什么，因此我说不知道。

"他们本来可以抓走我们的，结果没有。"她小声说，怕吵醒莱特，"那些复仇女神战斗的样子，我觉得他们好像在协助我们逃走，还有那些蛮鞑子也是，我们活着的唯一原因，是他们希望我们活下去。"

"因为你是普鲁人？"

"我不知道。"她说，有点迷惑，"有可能，但我认为还有其他因素。我们在蛮鞑女王和野心勃勃的犯罪头子正进行权力斗争时落网，对吧？我们破坏了两边的规矩，他们不该放过我们，结果却这样做了，那不仅仅因为我是普鲁人。"

"那是为什么？"

"我认为和你有关系。蛮鞑女王对你有某种期待，维达·布里克也是。原谅我，可是他们为什么要放过一个有癫痫症的无名小卒？"

"无名小卒？"我说着，脸上一阵发热。

"那是我的看法，傻瓜。因为你不是无名小卒。你是一个能够吸引比利·毕兹莫、罗蒂·盖世、维达·布里克这些有权有势大人物的重要角色。为什么会这样呢？"

"我不知道，"我说，"我从没想过。"

"也许你该想一想。"拉娜雅说，"我的意思是，好好想一想。"

然而，此刻我的脑子里没有多余的空间去想一些我不明白的事，有的只是期盼豆豆还在，而且看得没有闯关者所说的那么严重。

当我们逐渐接近时，我开始认出一些旧有的小区：昔日常玩捉迷藏的地下室，我们交换食物的摊位，我们组队假装蛮鞑子抵抗外敌的小街巷。不过，现在街道上已经空空荡荡的，没有执法的人员，没有天黑后还在外面玩耍的小鬼，没有仓皇逃进家门的人。他们想必都躲起来了，因为知道不远的地方有一场战斗正在进行。但是他们不知道罗蒂·盖世和她的爪牙是否依旧掌权，维达·布里克和他的复仇女神是否会接管蛮鞑关。

"快到了。"我说。

莱特醒来了，一双朦胧的老眼仍然显露出痛楚与忧虑的光芒，但同时也有欢喜与胜利的喜悦。他捏捏我的肩膀，"你准备好了吗，孩子？或许没么容易哦。"

我的嘴巴像沙子一样干。"我知道。"

有件事我是知道的：如果豆豆已经奄奄一息，那么唯一比这更糟糕的，就是眼睁睁地看着她咽下最后一口气。

要为更糟糕的情况做好心理准备，憨头小子，我心里这样说，你比他们更明白，最糟也不过如此。

第二十章

豆豆的信念

豆豆四岁那年,有一次她决定要去伊甸。她并不知道伊甸是个真实的地方,她以为只要闭上眼睛,我们便可以幻想着走到那里。"带我去伊甸。"她央求我,"拜托,拜托,拜托啦?"于是我牵着她的手,我们走出屋外,穿过屋后黑暗的小巷,一直往前走,直到从破墙断瓦中发现一片阳光。太阳温暖了我们的脸,"你有没有感觉到?"我问她,"这就是伊甸的太阳在照着我们。"从头到尾豆豆一直闭着眼睛,她不想破坏这个美好的印象,她也始终没有告诉查理和凯依这件事,因为这是我们俩的秘密。

问题是，从此以后，豆豆便认为我有办法做任何事。我已经带她去过伊甸，所以我也能使老天不下雨，或者修理噗噗车，或者使查理和凯依停止争吵，甚至当她生病时，使她的病痊愈。"你只要闭上你的眼睛，"她会这样说，"它就实现了，拜托？"

这时我但愿能闭上眼睛，这样我便看不到我老家屋檐上的弹孔，或缠绕在大门上的带刺铁丝网。弹孔和带刺铁丝网从我有记忆开始便一直在那里，但是今天看见这些仍然令我感到伤心。

我用拳头敲门，起初没有动静，然后，一只眼睛出现在窥视孔后，查理把门打开。"你看。"他说，是惊讶的口气，没有愤怒或失望，只是惊讶。一会儿后我的养母凯依跑过来，她一看见我，立刻泪水盈眶。她没有过来拥抱我，凯依从不拥抱人，相反地，她双手环抱在胸前，说："这些人是谁？"

她指的是莱特和小脸。

"这些都是我的朋友。"我说，并一一为他们介绍。小脸躲在我背后，十分害羞。莱特微微鞠躬，拄着手杖往前倾，以非常正式的口吻说："幸会，夫人。"

接着拉娜雅从背后出现，查理惊得差点摔倒。

"啊，"他说，"啊！"

我不知道查理有没有这样近距离看过普鲁人，但他此刻似乎不想见到她，或者他怕看见她却又忍不住要看她。也许他根本不知道应该想什么，又该做什么。

"我给你们带来一些食物。"拉娜雅说着，递上一只小袋子。

凯依接过袋子的模样仿佛它会爆炸。

"我来看豆豆。"我说，"她在哪里？"

"我们的女儿生病了。"查理悲伤地说，"病得很严重。"

"她一直说想见你。"凯依说，声音轻得几乎听不见，"我告诉她，你不能来，我告诉她这违反规定。"

没有人阻止我走过外面的房间，来到豆豆的小房间门口，我拉开门帘，一双手无力得仿佛不是连接在我的手臂上。乍一看，我以为她不在房内，因为地上的床垫几乎是空的，只有一两条脏脏的旧毛毯，然后毛毯动了一下，一张骷髅般的脸从毛毯内探出来看我，两只大眼睛深深凹陷在黑色的眼窝内。她的脖子有几处地方因腺体肿胀而鼓起。

"憨头！"豆豆喘着气说，"我就知道你会来！我就知道！"

我跪在床边，将脸贴在她的脸颊上，庆幸她还活着。我不在乎她的气色有多难看，她的躯体里面还是一样的豆豆，从她的声音就能听得出来。可是当我再认真看她一眼时，发现她是那样瘦弱,那样苍白,我的心痛得几乎停止了跳动。"哦,豆豆,"我说,"我真抱歉!"

"不要抱歉。"她说,"我爸说你不能来,可是你知道吗?他还是派人去找你了。"

原来是查理付钱派闯关者送信给我,我知道他这样做完全是为豆豆,不是为我,但我无所谓,我来了,这才是重点。

过了一会儿,凯依告诉我治疗师十天前就不再来了。"她无能为力,没有人能治好这种血液疾病,豆豆照样吃药,但是也不见起色。"

莱特坐在地上,气定神闲,这使我心情稍稍好一点。"这种病过去叫白血病,"他告诉我们,"我想过去他们有过治好这种病的疗法。"

"怎样的疗法?"我问。

莱特摇头,"很遗憾,孩子,我不知道,那种疗法早就失传了。"

"那你干吗提起?不过是很久以前的传说而已。"我说,我的情绪坏得想揍人。其实我并不真的生老家伙的气,我是在生这个血液疾病的气。我是为我们无能为力,只能眼睁睁看着最坏的结果出现而生气。

从莱特的表情可以看出，他很后悔提及大地震毁灭世界以前可能存在过疗法。他用手摸摸他的嘴唇，好像在说"你是对的，我还是闭嘴好了"。

拉娜雅看看我，说："我可以看看她吗？"于是我们又回到豆豆的小房间。

豆豆睡着了，脸上还带着微笑。当听到我们的声音时，她两眼张开，很快越睁越大。她目不转睛注视着拉娜雅，急促地说："你好漂亮！我从没见过这么漂亮的人，你一定是从伊甸来的。"

这就是我的豆豆，依然比别人更敏锐、更聪慧、更机灵。虽然病入膏肓，她还是一眼看出完美的拉娜雅不可能像我们一样是普通人。

"不错。"拉娜雅说。她蹲在床垫旁，伸出一只手去摸豆豆的额头，接着说，"你哪里痛？"

"全身都痛，不过只有一点点痛。"豆豆几乎是愉快地说着，"你是我哥哥的女朋友吗？"

拉娜雅笑着说："不，我们不是男女朋友，事实上，我不认为你哥哥喜欢我，他觉得我被惯坏了，顽固而又任性。"

"拉娜雅带我们来的，"我告诉豆豆，"这样我们就扯平了。"

拉娜雅给我一个怪怪的眼神,但我知道她喜欢我这句话,而且她显然也喜欢豆豆。谁都忍不住会喜欢豆豆,即使是普鲁人也不例外。豆豆和拉娜雅聊了起来,聊的都是一些女孩子的事,但她们好像也不介意我在旁边听,豆豆甚至不时来上这么一句:"对不对,憨头?"或"记得吗,憨头?",她又说了许多有趣的往事,说我从前有多么呆头呆脑。很快地,我也加入欢笑的阵容,不知怎地,我甚至开始觉得她的病情似乎没那么严重了,我心想,说不定治疗师的诊断错误,她仍会像上次那样好起来。

"我让你和你哥哥聊聊。"拉娜雅站起来说,"我去帮你妈妈准备一点吃的东西,你一定要吃,豆豆,我们必须把你养胖一点。"

"我不再觉得饿了。"她说。我听了心一沉。

拉娜雅走后,豆豆含笑对我说:"我想她喜欢你,你们俩应该结婚。"

"傻孩子,"我告诉她,"普鲁人不能和普通人结婚,我甚至连普通人都不是。"

"你当然是普通人。"

"我是个有缺陷的人。"我提醒她,"我的基因有缺陷,记得吗?"

豆豆叹口气,往床垫上一靠,"我讨厌'缺陷'这个词。"

"不过是个词而已。"我对她说,"凯依说你在乖乖吃药。"

豆豆看着我,"那不过是掺了蜂蜜水的东西,比较容易入口,"她说,"没有用的。"

"你会好起来的。"我对她说。

她从毛毯底下伸出一双瘦骨嶙峋的小手,那双手冰凉冰凉的,又干又瘦,像老人的手。"我很高兴你来了,"她说,"我好怕你再也看不到我,怕你心里对我的最后一点记忆是我和爸吵架,还有他骂我的那些难听的话。你不要恨他,憨头,他也是不得已的。"

"我不恨他。"我说,"我谁也不恨,你会好起来的,豆豆,你一定要好起来。"

"一定,我会好起来。"豆豆说,但她并不相信,其实我也不相信,"记得以前你都讲故事给我听,我才肯吃药吗?"

"我记得。"

"为我说个故事吧,憨头,说个人人从此都过上快乐日子的故事给我听。"

于是我为她说故事,直到她沉沉地睡去。

第二十一章

宛如死亡的睡眠

那天晚上，等大家都吃过东西，小脸唱了一首只有一个词的歌——不用说你也猜得出来——娱乐大家后，我的养妹豆豆躺回她的床垫，闭上了眼睛。

然后就一直没再睁眼。

治疗师来了，一双手在豆豆身上反复抚摸，然后告诉我们，她已进入深层的睡眠，而且很可能再也不会醒来。莱特说正确的名称是"昏迷"，可是当你唯一爱的人，也是唯一爱你的人正濒临死亡时，谁还在乎名词正确与否呢？

"我真的感到很遗憾，孩子。"莱特说着，垂下头，"我们展开这趟伟大的冒险时,我万万没有想到这一点。"

他说得很婉转、很轻柔,我忍不住跑出屋外对着弹痕累累的墙壁猛踢。我气的是我自己。我出关时便知道,万一豆豆的血液旧疾复发,复原的机会一定很渺茫。那么我心里在想什么?因为我的出现她就会痊愈?我是她的私人医生?嗯?傻瓜一个!呆头一个!憨头呀,憨头!

我坐在人行道旁,心想如果这就是一个好人的下场,那么这个世界不是太荒唐了吗?!因为惧怕帮派的爪牙来找麻烦而躲在带刺铁丝网和铁门后,又因为普通人太麻木了,记不得治疗方法而生病死亡,这样的生活又有什么意义?我想,或许把整个关烧个一干二净才是办法,让一切都烧得干干净净,只剩下冷冷的灰烬和干净的雨水。

我在人行道旁坐了很久,莱特和拉娜雅一起出来,分别在我两边坐下。莱特双手握着他的手杖开口说话,声音显得比以往更有活力。"我们有个新计划,"他说,"一个新的探险,你想听听吗?"

我已经没有力气告诉他,我对他的"探险"没兴趣了,因此我只好耸耸肩。

"还记得我说过,豆豆的病在以前是可以治好的吗?"他说,"我一直在想,说不定这种知识目前依然存在,只是以略微不同的形式存在。"

老掉牙的话引起我的兴趣。

"你说的最好是真的,"我说,"可别又是你胡编乱造的故事。"

莱特叹了口气,"我想是有千真万确的机会,不过我不能保证。这一趟会很危险,而且困难重重。拉娜雅已经答应帮忙了。"

我注意到拉娜雅的鼻子哭得红红的,原来普鲁人也会有红鼻子,换句话说,他们不如人们传说的那么完美。

"你能帮什么忙?"我问她,"又有谁能帮豆豆?"

莱特和拉娜雅先是互相对视,然后看向我。

"我们可以带她去伊甸。"普鲁女孩说。

第二十二章

恐怖的高速引擎

不出所料,查理反对我们的计划。

"普通人不得以任何理由离开厄布。"他说,他的声音在颤抖,"'普通人一旦进入禁区,就立即被处死',这是第一条规矩,我们从小就知道。"

"规矩是可以打破的。"莱特轻声说。

查理的脸扭曲了,"你说得倒容易,老头子,但这是我的女儿,我干吗由着你带她去冒险?"

大家都哑口无言,这时查理反倒认真思考了起来,他知道豆豆已经没有剩下多少生命可以去冒险了。"我不知道。"他喃喃地说，"我只知道，普通人不能去伊甸。"

他不敢或不想看拉娜雅，当她伸手去摸他的肩膀时，他发出呻吟，仿佛受伤了似的。

"查理？"她说，"你从小就知道的那条规矩？当然，你是对的，普通人如果想越过禁区一步，立刻就会被摧毁，但是没有规定不能在我的保护之下进入伊甸，成为我的贵宾。无论如何，我都不会让他们除掉她，我向你保证。"

凯依从背后搂住查理，把头枕在他背上，"她已经离开我们了，查理，这样做又能带来什么伤害呢？"

他说："这样做是不对的，总而言之。"但不再是那种谴责的口气了。当凯依冲我们点头时，他也不再反对。

我主张趁他们改变主意之前尽快动身。莱特和我一起进入豆豆的小房间，但我不需要协助，豆豆一点都不重，我可以轻松地把她抱起来。

查理和凯依进入他们的房间，似乎不忍见她离去。拉娜雅拉开门闩，开门，又拉开带刺铁丝网让我们过去。

"她好瘦弱啊，"拉娜雅说，"又瘦弱又苍白，我们要想办法帮她，一定要。"

我抱着豆豆走下台阶，小时候我们常在这里玩扮演关主的游戏。下了台阶是一片水泥地,她小时候常在这里用粉笔画画,玩跳房子游戏。离开水泥地,我们进入正在等候的太空车内。我一直希望豆豆会醒一醒,但是当座椅的安全带自动绑在她身上时,她依然动也不动一下,仿佛醒一下都会浪费她太多力气,她那虚弱的小身子此刻只能勉强维持呼吸。

"豆豆?"我小声呼唤,"你听得见吗?我现在要带你去伊甸,就像小时候我答应你的那样。你闭上眼睛,到了我再叫你,好吗?"

我爬出舱门察看小脸时,地面忽然开始震动,有什么东西往这边来了,我心里明白那是什么,一颗心马上沉到脚底。果不其然,空中震天地响,刹那间一群喷气式脚踏车不知从哪里冒出,呼啸而来,恐怖的高速引擎喷出的火焰照亮了夜空。

战斗结束了,蛮鞑子获胜。

他们在大街小巷穿行,炫耀着自己的胜利。他们大声吃喝着,高声呼叫着,拖着五花大绑的俘虏满街跑。复仇女神的斗篷被撕成碎片,骷髅面具也掉了,这时候她们看起来既渺小又平凡,一副永远不可能获胜的模样。但莱特说,失败者总是呈现出不堪一击和绝望的面貌。

我在众俘虏中寻找维达·布里克的身影,但是到处都不见他的踪迹。

"罗蒂!罗蒂!"蛮鞑子大声欢呼,"罗蒂·盖世!永远胜利!罗蒂·盖世!"

罗蒂·盖世,蛮鞑女王,跨坐在两辆喷气式脚踏车上夸耀她的胜利。她得意地在头上挥舞利刃,见到我,胜利的狂笑更加夸张,只见她做了个手势,喷气式脚踏车立刻寂然无声。

"你还在这里,憨头小子?你有机会逃走的,什么事阻挡了你?"

我想不出该如何回答。

"怎么啦,孩子,老鼠吃了你的舌头啦?"

莱特走到我背后,"我们正要展开一项慈悲的任务,"他说,"设法挽救一位妙龄少女的性命。"

蛮鞑女王似乎对此事感兴趣,"那你对我有什么要求?"她问,"武器?护送?需要什么?"

"什么都不要,夫人。"莱特说。

"你协助我让我的敌人落入圈套,却不求回报?"

"如果能得到你的首肯,夫人,请让我们自由出关,之后我们会靠自己。"

蛮鞑女王用她的利刃指着我,"你!憨头小子!你有什么话要说?嗯?怎么一言不发?你变哑巴了吗?"她说。

莱特轻轻地碰碰我。

"我害怕得不敢说话。"我说,好不容易才挤出这一句。

看得出蛮鞑女王很满意这句话,"害怕?怕我,憨头小子?你为什么要怕我?"她呵呵地笑着说。

"我是怕假如我们动作太慢,我妹妹就要死了。"

她哼了一声,做出不屑的表情,仿佛不屑听到这类软弱的话。"你们这群家伙!立刻给我离开这里!"

我们急忙奔向太空车,但是利刃又在我眼前舞动,最后停在我的鼻尖上,我都可以闻到那温暖的不锈钢味儿,"最后一件事,憨头小子,"蛮鞑女王在我耳边小声说,"记得告诉比利·毕兹莫我获胜的消息,告诉他,如果他要和白寡妇作战,千万要三思而行。"她笑着说,用利刃搔搔我,"这是我给自己取的绰号,你不知道吧?很合我身份呢。"

她用利刃挑起我的下巴。

"看这里。"她说,举起一个鼓鼓囊囊的袋子,"告诉比利,这就是与我为敌的下场,亲吻一下我的利刃,他们就不再有知觉了!"

她的笑声一路跟随我们到伊甸。

第二十三章

如果世界是蓝色的

就在我被赶出养父母家之前,豆豆发现了蓝色。她从一堆垃圾中找到了一个破旧的盘子,但是当她把砖泥擦拭干净后,盘上的色彩依旧鲜艳得耀眼。

"想想看,如果整个世界都是这种颜色。"她对我说,一面举起破盘子对着灰色的天空,"每样东西都是蓝色的,甚至我和你,那不是很棒吗?如果有蓝色的东西,你一定会忍不住爱上它,是吧?不管那是什么东西?"

豆豆就爱说这些傻话,但我明白她的意思。

她也试图说给查理听,但查理接过盘子后,把它砸得粉碎。"看见没有？"查理对她说，"看见没有？现在什么都没有了，它不存在了！天底下没有蓝色这回事，就算有，也毫无意义！"

这就是查理，我明白他的意思，他的意思是，无论豆豆如何期盼有所转变，我都不再是这个家庭的一分子。在他心目中，我只是一粒尘埃，根本就没有我这个人存在。

我认为我有权利为此而恨他，但是我没有。你很难去恨一个愚蠢而又胆怯的人。偏偏又是面对我和豆豆时，查理太害怕了，他的大脑已经凝固了，已经完全无法正确判断什么才是真相。

"我们快要接近防护网了。"拉娜雅从驾驶座上宣布，"到了，前面就是。"

我们正穿越禁区，太空车速度慢了下来，以便自动排雷。我坐在后座照顾豆豆，但还是可以看到屏幕。我从屏幕中看到的景象非常奇特，竟使我以为我的眼睛出了毛病。

所谓的"防护网"并不是一扇大门或者围篱，而是一片湛蓝色。

"太令人吃惊了。"莱特说，"我以前听说过，对这多少也有点概念，但真正亲眼目睹——哎呀，这真是令人叹为观止！"

拉娜雅解释，这道防护网其实是分隔伊甸与厄布的一种所谓的"带电的空气"。"我们可以不知不觉地通过它，"她说，"但因为它带电，所以两种空气不能互换。你不妨设想伊甸是河流中的一块岩石，任何东西流到这里都必须从它两旁绕过去。"

"什么是河流？"我问。

拉娜雅从驾驶座回过头来，"你是在开玩笑吗？"她问。

"厄布没有河流，亲爱的。"莱特告诉她，"没有河流，没有湖泊，也没有池塘，除了雨水外，根本没有流动的水。"

"别管河流了。"我说，"那个蓝色的东西是什么？那就是，呃，你所说的'带电的空气'？"

拉娜雅笑着说："那是天空，傻瓜，天空是蓝色的。"

"天空是灰色的，"我说，"谁都知道。"

"那是在厄布，"她说，"因为那里到处都是雾霾。在伊甸，天空是蓝色的，大地是绿色的。"

我觉得她是故意跟我抬杠。大地上不是泥土就是水泥，谁都知道。我猜想伊甸的水泥也许不会碎裂，泥土也许没有臭味，但何必把它漆成绿色？这说不通。

但是我错了，大错特错。当我们穿过分隔两种大气的防护网时，拉娜雅把太空车停下来，打开舱门。"你自己看吧。"她说，"这就是为什么我总是欢喜回家的原因。"

我们三个站在打开的舱门口，抬头仰望天空。天空又蓝又清澈，竟使我的眼睛冒出水来。但我立即发觉，那是眼泪，因为我从没见过如此美丽的东西，也从来没想过。厄布的天空很低，有时都让人觉得伸手便可以摸到它。但在伊甸，这片湛蓝无限延伸，你忽然明白天空远比脚下的土地大了许多。更重要的是，看到它，你才知道天外有天，世界之外还有世界。

至于那天空，唉，那天空是如此广阔，如此无边无际，连带使你的大脑也仿佛变大了，好像多了不少思想的空间。我见到的不止是天空，因为拉娜雅说得对：大地是绿色的。它不是新铺的水泥，而是长满绿油油的东西，好像一层有生命的柔软的地毯。

"那是草。"拉娜雅解释说，"再过去是一座小树林，那些绿油油的东西是巨大的羊齿植物，很漂亮吧？我一向喜欢羊齿植物。"

她注意到我一直目不转睛看着每样东西，仿佛我要赶在她按下按钮、使一切都消失之前，把我所看到的每样东西都印在我的脑海里。

莱特也默不作声，然后他深深叹一口气，我还以为他

要昏死过去了。"我以前听人说过，"他用很微弱的声音说，"令人难以置信的故事，但事实真相更令人惊叹，我发誓我可以闻到绿色的味道！有没有这种可能？"

"那是草的味道。"拉娜雅说着，含笑摇头，"叶子、树木、羊齿植物——各有各的味道，清新美妙的味道。"

"是的。"莱特轻声说，"美妙。"然后他用一双枯瘦干巴的手用力搂着我，"谢谢你，孩子！"他说。

"你疯了？"我问他，"干吗谢我？"

他笑笑，说："因为，要不是你那天来我的收纳箱，我现在就不会在这里，也不会看到这些。"

我摇摇头，他真的疯了。疯老头。难道他忘了我那天去收纳箱是去抄他的家？

拉娜雅再次发动引擎，但我们仍然站在舱门口看着四周迷人的风光一幕幕飞过去。映入眼帘的，还不止是绿色；另外还有各种不同的色彩。树叶在风中颤抖时就变换一种颜色，每棵树都各有千姿百态，每一片草叶都与众不同，而且看上去都栩栩如生。

令人深深着迷的是，天地万物都如此开阔。我说过，在厄布，天空似乎近在咫尺，建筑物与废墟更近，但是你不觉得，因为你已经习惯了，你无法想象与它不同的样子。

但在伊甸，你仿佛可以看到世界的尽头，或它在何处与天空融为一体，也就是大地与天空交接的地方。

我的眼睛因为视线应接不暇而开始刺痛，但我不在乎，我真正关心的是豆豆何时能醒来，我想光是这片湛蓝就能治好她的病，如果她能看见的话。

拉娜雅说我们马上就要抵达目的地，但奇怪的是，我们没看见其他任何普鲁人。"你看不到的，"她告诉我们，"伊甸的设计就是这样，我们的住处都与风景融合在一起，我们也尽可能融入风景中。譬如，你从这里看不见他们，但我知道那边的树林里有儿童在玩耍，他们都穿着与树叶颜色相同的衣服。"

不一会儿，太空车沿着一条小溪奔驰。小溪有点像水沟，但是比水沟干净，溪水像空气一般清澈。我低头往下望，发现溪中有个全息图的水族箱，溪底有一种长相奇特的鱼，颜色和石头一样。话说回来，如果看不见鱼，干吗还要全息图水族箱？

拉娜雅笑着说："那些都是真的鱼，傻瓜，不是全息图。"

我想对她说，我从来不知道世间会有真鱼这种东西，但还是决定闭上嘴巴。我讨厌拉娜雅取笑我，尽管她不是有意的。

太空车突然颠了一下。

"怎么啦!"我喊道。

"没事。"拉娜雅说,"我们在上坡。哦,我忘了,厄布是没有山的。"我们继续往上爬升,"事实上,这个小丘可说是一座小山,"拉娜雅说,"它是伊甸最高的地方。"

一直惊叹连连也许有点蠢,但我不在乎,因为就连这小丘也令人惊叹。你越往上爬,视野就越开阔,好像在爬摩天大楼一般,只不过这是地势越来越高,你却不会有往下坠的感觉。

不只我,连莱特也叹息着说:"难怪他们称这里为'伊甸'。"

"为什么?"我问,"'伊甸'有什么特殊的意义?"

"从前有个传说,"他告诉我,"说伊甸是个乐园。"

"是吗?什么是乐园?"

"一个和这里很相似的地方。"他说,"一个令你感到快乐,而且永远不想离开的地方。"

正说着,我们已越过山头。我首先注意到的是那金黄色的阳光,把万物都被照耀得熠熠生辉。起初我以为眼前又是另一座山,或是拉娜雅所说的"树林",但左看右看又都不像。它从地上拔地而起,和树木一般高,却又不是树木,也不怎么像。另外有些形状看起来像山,其实更像映照天空的镜子。这些各种不同的形状聚合在一起,虽然没人告诉我这是什么,我却隐隐猜到了几分。

"你住在这里?"我对拉娜雅说,"这是你家?"

她凝视着前方那个庞大而美丽的东西,那个超脱群山、树木与天空,巍然耸立的东西,平静地说:"是的,这是我的家。"

"这是一座皇宫。"莱特惊叹地说。

然后他望着我,他不需要说出他心中的话,因为我也有相同的想法。假如她住在皇宫里,那么拉娜雅肯定不是一般的普鲁人。

她应该是个公主。

第二十四章

电脑说什么

莱特劝我最好闭上嘴巴,否则我会吃到苍蝇。但我实在忍不住,我越看嘴巴张得越大。比如说吧,拉娜雅所谓的"家"是如此巨大宽敞,简直就像住在户外。而且每个房间——拉娜雅称作"空间"——都有不同的功能,有些里面光线充足,令人保持清醒,这是工作的房间,她称之为"谈话空间"。还有一些空间光线柔和、黯淡,她称之为"休息思考或睡觉时做梦的空间"。

大部分空间都有门窗可以看到翠绿的风景,或仰望湛蓝的天空。地板由这种凉凉的、光可照人但又不是滑溜的东西铺成,他们说那叫"大理石",而且它还随着占据那个空间的人及其心情的不同而变换色彩与表面。同时你只要轻轻触摸任何一面墙,它就会变成三维空间的全息图。你也可以随你所爱,变换成千上万不同的风景,从所谓的非洲丛林到夜间的月球表面,应有尽有。

"所有普鲁人都住这种豪华住宅吗?"莱特很想知道,他的一双老眼因兴趣盎然而闪闪放光。

"不,不是所有。"拉娜雅说。

她还没来得及解释,两名成年普鲁人轻巧地走进房间。其中一位男士蓄着黑色尖尖的小胡子,另一位女士留着一头浓密的金色卷发,他们都穿着有光泽的白色长袍,身上佩戴天蓝色的小颗宝石,在阳光下一闪一闪地发亮。和拉娜雅一样,他们也都毫无瑕疵,非常美丽,很像3D电影里面的明星,比明星更好看,而且令人不敢逼视。

"这是金和布丽。"拉娜雅说,轻轻地和他们亲吻拥抱,"我的捐赠人。"

原来金和布丽是一般人所说的"父母",但因为每个普鲁婴儿在入胎前都经过基因改良的程序,因此称他们是"捐赠人"。金与布丽显然很高兴他们的女儿回家了,但是见了我们似乎不怎么高兴。

"孩子，这是怎么回事？"金开口问，"你不能把普通人带进伊甸，这是被禁止的。"

"这个等一下再讨论。"她对他说，"我们要先抢救一条生命。"

"什么？"

"在太空车上，快。"

于是豆豆进了未来"伊甸大师"的私人行宫。"伊甸大师"是我们的猜测，因为布丽提到过拉娜雅已被赋予某种特权，再过几年她就是普鲁世界最高决策机构的主导人之一。

身为未来的伊甸大师说明了一切，好比她可以获准自由进出厄布，或发放食物给普通人，或带我们进入伊甸。显然未来的大师接受了金所谓的"无限制的教育机会"，换句话说，她在学习如何成为大师期间可以为所欲为。

"当然，那也包括犯错的机会。"金严峻地提醒她，摸摸他下巴上美丽的山羊胡子，"这，就是一个非常严重的错误。"

我开始信赖他：当他看到豆豆病得那么严重，他立刻停止教训，并且协助我们把她移进一处睡觉的空间。然后他和布丽一直在讨论豆豆的事，仿佛她是他们的女儿。金说伊甸的人早就不生这样的重病了，不过他们还有紧急的维生系统，供意外受伤的人使用。

"我们可以稳定她的情况。"他说。我听完松了一口气。"我们只能做这么多。"

维生系统原来是一种可以移动的床，外面有个弧形的透明玻璃罩。这个仪器可以帮助豆豆呼吸，而且它有几个特殊的灯管，可以控制豆豆的体温。我问金他们有没有发明可以使她苏醒的机器，他悲伤地看我一眼，说："我不知道，但我想应该有吧，凡事都有可能。"然后他和布丽便离开了，去接洽他们所谓的当局，一起商讨这件事。

恐怖的是，这个维生机器看上去有点像关主的豪华玻璃棺。可怜的豆豆是那么瘦弱苍白，她的呼吸非常微弱，看起来倒更像死了，不像在睡觉。

我亲吻着弧形的玻璃罩，说："豆豆，你听得到我说话吗？我是憨头，听到没？我要你撑下去，豆豆，不要走，好吗？"直到莱特轻轻地把我带出房间。

我说："也许当局会有使人苏醒的机器。"

"可能吧。"他说。

那是我的希望，假如他们能使天空变成蓝色，大地变成绿色，他们一定也能唤醒一个小女孩，不是吗？

我们在等候当局的消息时，拉娜雅带我们进入她所谓的"思考的空间"。

"每个房间都有电脑,用来控制环境等等。"她告诉我们,"但是这个思考的空间比较特殊,它是一部教学电脑,你在发问时必须小心,因为它会陈述意见。"

乍看之下,它和其他房间没有两样,但是当拉娜雅提出问题时,四周的墙壁似乎化开来了,答案以影像的方式出现。譬如她问:"什么是地球?"转眼间,我们便飘浮在这个美丽的蓝色行星之上。我们当然还是在房间内,脚下依旧是地板,但感觉上我们好像向下俯视着两千里外的一颗行星。

这种影像是如此震撼与真实,小脸立刻被吓得哭了起来,布丽便自告奋勇带他去饮食空间,给他一些她所谓的"饼干和牛奶"。拉娜雅则要求电脑带我们去旅行。

"你想去什么地方吗?"她问莱特,"任何你特别想看的地方?"

"如果是早已不存在的地方呢?"莱特问,表情神秘。

"试试看吧。"拉娜雅耸耸肩说,"看电脑还记不记得。"

莱特深吸一口气,"那么,我一直想去看大峡谷。"

"那就大峡谷吧。"拉娜雅说。

刹那间,我们已置身于一处我所见过最美丽的地方,比科莱·里金斯主演的著名动作片《寻宝大战》更令人惊叹叫好。它就像来自另一个世界，也许是火星，然而它实际上是在地球上。电脑告诉我们它是地球上最大的峡谷，后来被大地震给毁了。大峡谷看起来像是为巨人而筑的城市，有成千上万尖峭的岩石，个个都比摩天大楼还高。电脑告诉我们，这个峡谷是受一种"侵蚀作用"而形成，但我不认为有任何理由能为它提出说明，因为大峡谷看起来是那么巨大，根本不可能一口气把它装进你的脑子里。它的影子变幻莫测，令人感觉它是活的，即使你目不转睛看一千年，还是无法看尽它。

电脑之旅结束后，只见莱特坐在那里哭泣、喘息。"别管我。"他对我说，一面用袖子擦眼睛，"我从没想到能看到这个地方，我祖父常提到他去大峡谷旅行的事——他也说从没见过如此雄伟的地方——但他的旧照片都在大地震后毁坏了，我只保留了他的故事和我的想象。"

"你的想象与电脑的影像两者比较起来如何？"拉娜雅问。

莱特含笑说："我没想到有这么大，那是一定的。我也没想到有这么丰富的色彩，或天空如此高广，似乎呼应了底下的深渊。想想看，那么巨大的东西，却因为区区一场地震就完全摧毁了！这是大地震威力的又一明证，渺小的人类居然能存活下来，简直就和大地震一样不可思议，你不觉得吗？"

"我从没想到这一点。"拉娜雅有点不安地说，接着她转向我，说，"你有什么想看的东西吗？"

我想了一下。我们已经置身于我所见过最神奇的地方，甚至可以说是我从未梦想过的地方，但尽管如此，还是有我想看的地方，虽然它不像大峡谷那样庞大或雄伟。"这个思考的空间能告诉我们豆豆生病的原因吗？"我问。

"我不知道。"拉娜雅说，"咱们来试试看。"

她对电脑说了几句话，一会儿后，一具人体从地面上升，当然不是真的人体，而是透明的，你可以看到里面。当人体转动时，某一部分的骨骼和器官开始发光，显示出它的病兆。

白血病，电脑声音说，制造血液的器官发生任何一种肿瘤疾病，导致白血球不正常增生，通常伴随贫血和淋巴结、脾脏与肝脏肿大。

接着，人体分解，我们进入血管内，看见里面有一些看似白色轮胎状的东西，电脑声音告诉我们，这种轮胎状的东西就是白血球，过多的白血球会使血液功能转弱，使人感觉疲倦，若不加以治疗，可能会导致死亡。

电脑声音又说，基因经过改良的人种，已在二十一世纪初成功地使白血病绝迹。过去的治疗方法，包括复合性化学疗法与骨髓移植术，目前都已经失传。

然后血液消失了，我们回到思考的空间，再三咀嚼电脑所说的话，直到我们完全理解。

自从我们认识之后，拉娜雅头一次不敢正视我。

"太不公平了！"我说，"普鲁人不会得这种血液的疾病，所以没有人愿意去记这种疗法。电脑是这样说的,不是吗？"

拉娜雅点头，"我很抱歉。"她说。

我感觉脑袋里面仿佛塞了一个拳头，我的脸热辣辣的，我的舌头因为愤怒而肿胀，说不出话来。"我不在乎你们有多完美或有多美丽，豆豆比伊甸内的任何人都好上一千万倍。"我说，"可是你们却因为她出生前没有经过'改良'，而眼睁睁看着她死。"

"我很抱歉。"拉娜雅说。

"我恨你！"我对她吼道，"我恨你们！"

说完，我跑出房间，直奔我妹妹躺在透明棺里等死的地方。

第二十五章

思考未来

当天稍微晚些时候，我们把豆豆转移到一处他们叫"中央实验室"的地方。拉娜雅的父母，确切地说，是她的捐赠人，得到当局批准，将豆豆送到这里看能不能有所帮助。到目前为止，都毫无起色，豆豆依然处在深层睡眠中，不过自从她睡进玻璃棺后，她的情况也没有更加恶化。

从前有一种人叫"医生"，专门医治病人，但普鲁人几乎不生病，所以"医生"已被"医事技术人员"取代。这些医技人员多半做一些替意外受伤的普鲁人缝合伤口之类的事，因此他们根本不懂得如何医治豆豆，他们所能做的，只有叫中央电脑搜寻有关这种血液疾病的数据。

在等待结果的时候,拉娜雅带领我们参观这所中央实验室。这里是普鲁婴儿被制造与"改良"的地方,因此也是伊甸最重要的地方。它大部分位于地下,因为当年第一个普鲁人问世的时候,大地震引起的火山爆发使空气中含有许多有毒物质。

"早期的存活者以为辐射线来自核子废料,当然部分的确如此,但最多其实来自地球本身。"拉娜雅为我们解说,"大自然的辐射与火山释出的气体,使大气变成毒气的时间长达一个世纪,那时候的人类平均寿命缩短到大约二十岁左右,基因工程因此应运而生。在那之前,人类多多少少还是禁止大批改造的。"

我们参观了中央实验室历史最悠久的地区,它被保存下来,以纪念大地震后的惨况。那里有最早的基因工程小组的全息图,全体组员都戴着防毒面具,其中有一幅影像是他们围绕在一个摇篮四周,摇篮内躺着一个哭泣的婴儿。

"我发现婴儿没有戴防毒面具。"莱特说。

"那是他们改良的第一个方面,"拉娜雅说,"就是忍受高剂量毒气的能力,虽然现在已经不需要了,但每个伊甸之子仍然具有这种改良过的基因。"

"那个婴儿如今还在吗？"莱特指着影像中的婴儿问。

拉娜雅奇怪地看他一眼，"那幅全息图是两百年前拍摄的。"她说，"比普鲁人平均寿命早了一百多年。这'第一个孩子'，早就死了。"

"啊。"莱特说，仿佛他有个未提出的问题得到了满意的答复。

拉娜雅似乎对这个问题感兴趣，"我知道你们普通人以为我们解决了永生之谜，但是我们没有。"她对莱特说，"在基因工程出现之前，有少数几个人类活到一百二十岁，这种存活率有被设计到每个伊甸之子的基因代码中，但至今仍无法改善它。"

"所以没有办法阻止衰老？"莱特机智地问道。

拉娜雅摇摇她那美丽的头，"很遗憾，不能。我们能够启动延长寿命的基因，但无法阻止衰老。"

"那么普鲁人老了以后会怎样？"他问，似乎这个问题一直搁在他心上。

"他们会老得很优雅，"拉娜雅含笑说，"我们最多只能做到这点。"

他们允许我们探望豆豆，这其实没什么意义，因为她不知道我在场，但从某一方面说，我还是觉得好过一些，虽然只是看看她。

"要是我们有办法，我们一定会尽力。"金看我透过玻璃注视豆豆时，用肯定的口吻对我说。

我知道他们会尽力，但我还是愤愤不平。"你们会在乎一个普通人病死吗？"我说，"每天都有人死于各种疾病，你们也没想到要去阻止。"

金体谅地看我一眼，说："人往往很容易忽略他看不到的东西，我们大部分人一辈子也没见过普通人，你应当知道，把你们带进伊甸是个错误的决定，但既然已经来了，我们就不得不尽力帮忙，只要拉娜雅提出要求。"

"她真的有那么重要吗，你的女儿？"

"在厄布，关主的地位重要吗？"

"最重要！"我说。

"成为伊甸大师更重要。"金说，"伊甸境内发生的每一件事，最终都受伊甸大师的控制。伊甸大师不是靠选举产生的，他们是被指定的，是特别经过基因改造而具备领导能力，以及为将来拟定种种计划的能力，甚至必须拟定远超过他们寿命以外岁月的计划。思考未来对我们来说非常重要。"

"思考未来对普鲁人而言也许非常重要，"我说，"但普通人连过去都没有，更别说未来。"

"每个人都有他的过去。"他避重就轻地说。

"你错了。"

我告诉他自从人们开始使用大脑探针后，记忆力便丧失了。厄布的情况如今是越来越严重，许多关主甚至忙着使用探针，都顾不得照顾老百姓。当我提到伟人猛哥时，金惊骇地瞪大他那一双完美的眼睛。

"我一点也不知道这回事！"他说。

这时候莱特才插嘴。刚才他一直保持沉默，任由我发牢骚。"我们还发现一件事，"他注视着金说，"大脑探针是伊甸这里制造的，是你们的技术，然后再走私到厄布。"

金立即摇头，"不可能！"他说，语气相当吃惊，"我们干吗要这么做？"

莱特耸耸肩，"你说呢？是不是有普鲁人乐意见到厄布和它的居民销声匿迹？"

金不安地皱眉，"大概有吧。"

"那么，既然有人想要消灭我们，或者鼓励我们自我毁灭，那么腐蚀我们的心灵倒不失为一个很好的手段。"

"你一定误会了。"金抗议说，但看得出他在担心恐怕真有此事。

"拿走我们的关于自我的记忆，然后把人类的行为转变成动物的行为，"莱特说，"动物确实比人更容易消灭。"

"消灭？多么可怕的字眼！"金说，"我们有什么理由这样做？"

莱特又耸下肩，看到金的反应，他几乎感到好笑，"你们有什么理由消灭我们？因为我们还存在，因为我们使你们想起从前的样子，因为厄布围绕在伊甸外围，因为我们是危险人物。理由多着呢——满地都是。"

"这绝对不可能。"金自言自语说，"我去问当局，必要时，当局会去问大师们。我想你们一定是误会了。"

然而他的口气少了一分肯定，反倒更像听到什么他不愿多想的事，即使他早已知道事情的真相。

当天稍微晚些时候传来回音，电脑已经找到有趣的数据。"有趣"是布丽所用的字眼，在我听来是不可能的意思，但我还是愿意相信它。

"电脑找不到这种古老疗法的数据。"起初她这么说，这倒一扫我胸中的阴霾，"显然它和某种特殊剂量的有毒化学物品有关，也就是他们所说的'化疗'，然后再暴露在有限的辐射线下。人体能因此存活实在不可思议，但显然许多人都这样活下来了，而且相当成功。不过无所谓，这种古老的技术反正早已失传了。"

"这么说，你们对她束手无策了？"我说。

"我没这样说。"布丽说，"我是说，我们无法复制过去的疗法，但电脑提出一个有趣的建议，说不定能给你妹妹一个改良过的基因，事实上应该说是几个改良过的基因才对，这些基因可以控制人体更换血细胞。"

"那样有助于缓解病情吗？"我问。

"如果有效的话，"布丽说，"我们要先试过才知道。"

"万一无效呢？"我问。

布丽意味深长地看我一眼，眼光悲伤。"你已经知道答案了。"

她说得对，我知道。

第二十六章

豆豆醒来了

三天后，他们为她注射新的、改良过的基因，我的小妹妹豆豆从此有了她自己的将来。

我亲眼目睹了整个过程。

起初我没注意到任何异常，只是目不转睛地盯着维持她基本生命的玻璃棺，心里想着我们小时候的往事。都是一些微不足道的小事，除了我和豆豆以外，对别人来说一点意义也没有。例如有一次，查理发现她拿面包屑喂我们家屋后的老鼠而大发雷霆，她很诧异，竟对他说："老鼠也是人呀！"查理问她从哪里听来的谬论，她说："从你那里呀。"原来查理经常骂人"鼠辈"。可怜的老查理这才明白，他的四岁女儿比起他果然是聪明多了，这样下去，她总有一天会成为厄布最聪明的人。

总之，我注视着她，努力回想那些往事，竟没注意到她也在注视着我。她的眼睛张开了，她在注视着我！而且不是死气沉沉或毫无意识的眼睛——是真的在看我，好像她在努力猜测我心里在想什么。我想我一定在做梦，也许下一秒钟醒来时，就会发现豆豆依旧在深沉的睡眠中，甚至更糟。

但我不是在做梦，这是真的，豆豆真的醒来了！

我一定是大声叫了起来，因为每个人都跑过来，莱特和拉娜雅，还有金和为她注射的医技人员，他们都和我一样兴奋。医技人员高兴，是因为他们原先不知道这种基因疗法有效；其他人高兴，是因为他们知道豆豆对我有多么重要。

医技人员掀开玻璃盖，倒也不是豆豆很快就恢复体力，可以站起来做什么，她还是很虚弱，只勉强可以伸手摸我的脸，但我不在乎。五分钟以前，我还在担心她已离我远去，现在她活过来了，还能细声细气地说她做了一个奇怪的梦。

"我梦到我们去了伊甸。"她说，"这不是很奇怪吗？"

"我们是到了伊甸。"我告诉她,"我们现在就在伊甸,而且你的病好多了。"

我忽然很后悔不应该对普鲁人发脾气,要不是拉娜雅和她的人民,豆豆肯定早已没命了。或许有些普鲁人痛恨普通人,巴不得我们消失,但他们同时也救活了我的妹妹,所以他们也不全是坏人。

莱特显得比任何人都高兴,这个老家伙笑得张大了嘴巴,我都担心他仅剩的少数几颗牙会笑掉了。他满脸堆笑,包括他的眼睛,他还用瘦骨嶙峋的手臂用力搂着我的肩膀,害我差点透不过气来。

"你成功了,孩子!"他兴奋地说,"你冒着生命危险拯救一位美丽的少女,现在她活过来了!啊,多么奇妙的事迹!我迫不及待要把它写下来!你明白你做了什么吗?你给了我一个快乐的结局!"

"可是,救她的是普鲁人,不是我。"我提醒他,"再说,要来伊甸也是你的主意。"

莱特摇头,他那一对历尽沧桑的灰蒙蒙的眼睛仿佛能够看穿我的心,"啊,是的,我们都帮了忙,拉娜雅和我,甚至还有小脸,但是开展这段旅程的是你,孩子,要不是你有这个勇气下这个决心,这件事也不能发生。"

他显然是疯了,但我没那个心情告诉他。我明白谁才是真正的英雄,那绝对不是我或者拉娜雅。真正的英雄是一个拄着手杖的白胡子老人,他的心胸如此宽广,绝不允许自己坚定的信念有片刻停止,他坚信他如果能把一些事迹写成一本书,那么世界就能因此改观,尽管早已经没有人会读书了。但他依然不放弃。

豆豆从漫长的睡眠中醒来后不久,金与拉娜雅交头接耳说了一些悄悄话,两人的脸上都露出担忧的神色。

"一旦你妹妹可以行动,我们就必须离开中央实验室。"拉娜雅后来小声对我说,"大家都在谈论这件事。"

她不需要多作解释,她的意思是,外面正在盛传一群可怜兮兮的普通人获准进入伊甸,至于是否违反禁令,要看由谁来诠释这条规定。因此,我们在中央实验室停留的时间越久,就有越多普鲁人知道我们在这里。

"可是她还没完全好,"我提醒她,"她还不能走路,而且她还没有胃口。"

"我知道。"拉娜雅说,拍拍我的肩膀,"别担心,我们还是会好好照顾她,不过是在我家,要摆脱这些窥伺的眼睛。"

于是第二天,我们都离开中央实验室,回到拉娜雅称之为"家"的奇妙的地方。豆豆当然不记得她来过,但她和我一样,对那些会随着心情变换风景的房间惊叹不已。

她还是十分虚弱,多站一会儿便感到头晕,但她对每样东西都很好奇,都想了解它的来龙去脉。拉娜雅为她解释时,她也似乎都能明白,换句话说,她比起我是聪明多了。

"这是一种互动的电脑智能逻辑的延伸。"拉娜雅告诉她,"电脑能自己投射出三维空间的风景,当然,这些都只是全息图,都只是幻影。"

豆豆两眼亮得可以照亮黑夜,"我以前总是幻想这些东西。"她惊叹地注视着一幅叫"蒙大拿"的全息图中,紫色的山峰与翠绿的山谷,"我躺在我的睡垫上,想象我在一个全然不同的世界。"

"什么样的世界?"拉娜雅问。

"一个没有墙壁的世界,"豆豆说,"一个你可以毫无畏惧地走出家门的世界。"

"你说的是伊甸。"拉娜雅说。

"大概是吧,"豆豆说,"但我幻想的是厄布,如果世界没有毁灭,那会是什么情况呢?假如人们不再互相残杀,开始耕种,那些绿色的东西就会长出来了。"

"葱翠的草地和树木。"

"听起来多么美丽,多么祥和。"豆豆如梦似幻地说,"葱翠的草地和树木。"

拉娜雅牵着豆豆的手，将她带到窗前，"这不是全息图。"她指着外面说，"这些都是真的树木、真的青草。"

豆豆注视着外面好长时间，然后重重地叹了一口气，"真美，但它终究还是一幅全息图。"她说。

拉娜雅好奇地望着她，"为什么？"她问。

"因为我们不能住在这里，"豆豆说，"不是吗？等我好一点，你们就要把我们送回去了，回到灰色的水泥地、酸雨和控制每一关的帮派手中。"

拉娜雅望着青青的草地和树木，再看看豆豆和我，她的双眼坚毅而有神。

"如果我帮得上忙就不会。"她坚定地说。

第二十七章

小脸说话了

我们住在伊甸的第七天，发生了两件重大的事：第一件是豆豆学会玩一种叫"下棋"的游戏，第二件是小脸学会说话了。

下棋的事是这样的。

拉娜雅和金在游戏间，那是一个随着正在玩的游戏而变换空间与装潢的房间——这种情况下，当然是下棋。下棋是一种看似简单实际上却很复杂的游戏。十六枚棋子在一块画成六十四个格子的棋盘上移，有些棋子，例如"懒汉"，一次只能移动一个格子；其他的，例如"驼子"或"巫师"，可以在棋盘上四面八方游走，目的是要牵制他们称之为"大师"的棋子。

金说，这是根据古代的战争策略与要素所设计出的一种游戏，也是大地震后少数完整保存下来的东西之一。他们还有与真人一般大小的动画棋子全息图游戏，如果你想玩的话。不过金说那很容易让人分心，因为真正的赛局是在你的心里。

"伟大的棋手甚至不需要棋盘或棋子。"他告诉豆豆，"他们能够看出整盘棋局，同时又可以联结每一步棋。"

他其实只是礼貌上做一些说明——他并不真的期待像豆豆这样的普通人能够理解。

就在他解说的时候，拉娜雅移动她的一枚棋子，说："将军。"这表示她赢了。"我几乎没赢过金。"她对我说，"显然他今天有些分心。"

金笑了笑，似乎不在意谁赢谁输，但是当他们重头开始下一盘棋时，他便显得很专心了，他很认真地思考，有时要花上五分钟才移动一枚棋子。这次果然成功，他只移动十枚棋子便将了拉娜雅的军。

"看到没？"她对我说，"我说过他很棒吧？我下棋是为了好玩，但是金很认真，他是伊甸最好的棋手之一。"

"没那么夸张,"金说,"至少还有六个人比我强。"但从他的笑容,可以看出他很高兴。

当豆豆要求也玩一次时,金似乎很高兴她有兴趣。"你和你哥哥下一盘吧。"他建议,"我来当裁判,也好随时纠正你们所走的每一步棋。"

"不,"我说,"你还是和豆豆玩吧,她一下子就会把我打败了。"

金笑着摇头,仿佛笑我的愚笨。"你不玩怎么知道你不会?"他问。

"相信我,我知道。"我说。

于是金和豆豆下棋,我和拉娜雅在一旁观看。莱特走开了,为他的书做他所谓的"笔记"。布丽则在照顾小脸,两人似乎都很高兴。

起初金对豆豆有所让步,好像不忍心打击她想学下棋的心愿。下棋是一门很复杂的学问,他说,要花好几年不断练习才能真正下得好。因此当他发现自己无法击败一个来自厄布的八岁小女孩时,你可以想象他有多么吃惊。

"你真的要这样走吗?"当他们的第一盘棋开始大约五分钟后,豆豆走了一步不寻常的棋,他于是傲慢地说。

"嗯——哼,"豆豆说,"你待会就知道了。"

"我待会儿就知道了?"金忍不住发笑,仿佛她完全不明白她在说什么。

又走了七步后,他发现了。

"啊,真好玩噢!"豆豆说着,吃掉他最高的一枚棋子。

金瞪着棋盘,然后瞪着豆豆。

"再来一盘。"他说,把棋盘排好。

结果他们连续下了好几个小时,豆豆再也没赢过他,因为他从此以后对她另眼相看了,但金终究也没能赢她。他们连续下了几盘,结果都是他们所谓的"僵局",意思是双方都不分输赢。金的表情仿佛不知该生气还是高兴。

"你看到没?"他问拉娜雅,"你明白这里出了什么事吗?"

没有人比拉娜雅更高兴看到金被击败。"啊,我看到了,"她对他说,"但我一点也不惊讶。"

"可是她是个普通人!"金说。

"是的。"拉娜雅说,"普通人不可能比普鲁人聪明,你是这个意思吗?"

金摇头,仿佛被搞糊涂了。倒也不是真的被拉娜雅的话搞糊涂了,而是被他自己的情绪搞糊涂了。"我试着以开放的心灵面对这些事,"他说,"但我从五岁起便开始下棋,而她今天才开始学,这怎么可能?""嗯——哼,"拉娜雅说,她的眼中闪耀着智慧,"帮个忙,不要再说了,你只要想一想:如果一个来自厄布的小女孩也能在下棋上击败你,不妨思考一下这件事所代表的意义。"

金开口想说话,但又改变了主意。"我会的,"他说,"我会想一想。"

豆豆看我一眼,意思是说"这些人疯了不成"。

事实上我也没有答案。我们已经来了一个礼拜,但我还是不能体会当一个普鲁人是什么感觉,以及普鲁人的想法。

好吧,再来说小脸的事。我说过,布丽花了许多时间照顾小脸,这其实有点多余,因为他很能照顾自己,不过有布丽在场时你看不出来,他大部分时候都要人抱,或示意他饿了;当布丽的注意力集中在他身上时,他便高兴得手舞足蹈。不管他使出什么招数,都绝对奏效,因为棋赛结束后不久,布丽便走进游戏间,对大伙宣布了一个惊人的决定。

"我要收养这个孩子。"她说。在我看来,对于这件事,她似乎已经考虑了好几个小时,"我已经决定了,不要劝我打消这个念头!"

可怜的金,他四面受敌,先是无法在他最拿手的棋局上获胜,他的女儿又给了他通常只有父母才会给儿女的忠告,现在他的爱人又宣布她要收养一个普通人,而且还不是一个正常的普通人,而是一个必须养活自己、多少有点像个动物的小孩,一个不会说话、从没洗过澡、直到布丽第一次把他从头到脚刷干净的小孩。

"布丽,布丽。"金有气无力地说。

"你不要再'布丽,布丽'地叫我了!"她立即回答他,眼中闪着光辉。

"可是你知道规矩。"他提醒她。

布丽双手抱胸,她生气时的模样更加美丽,光是看着她都令我几乎透不过气来。"我只知道这个孩子需要我,我也需要他。"

"一定还有别人可以照顾他,比如他自己的族人。"

"他没有任何族人!"她说,"而且你没听到吗?我需要他。"

"你在说什么?"他问,他真的搞迷糊了。

"我直到看到他站在门口才明白,原来我一直很想再养个小孩。我爱拉娜雅,她也爱我,但她从来没有真正需要我,不像这个孩子那样。"

"布丽，这种话听起来多可怕！"

拉娜雅走过来，一手按在金的肩膀上。"父亲，"她说，语气轻柔但很有力，"我从没有这样喊过你，这是我们都不使用的过去用语，然而你还是我的父亲，布丽是我的母亲，我非常爱你们。布丽说得对，我毕竟是为有朝一日成为大师而诞生，换句话说，即使身为普鲁人，我多半时候还是靠自己，养育我确实少了许多乐趣。"

布丽忽然像被击败似的，美丽的双眼渗出泪水。"我不是这个意思。"她说，"你是个可爱的孩子，拉娜雅，看着你长大是件令人快慰的事，给我任何东西我也不会放弃。"

拉娜雅奔过去拥抱她，"啊，母亲，亲爱的，我知道你爱我，我懂，真的。"

布丽边擦泪水边笑，"你一直是个懂事的孩子，拉娜雅，几乎从你一生下来你就开始懂事了。我常觉得你才是捐赠人，而我是你的孩子。"

"够了！"金说，"你们两个，帮帮忙！问题不在你们俩，问题是那个孩子！这件事是不可能得到批准的，不管你说你有多喜欢他。至于那个孩子本人的意愿，我们根本不知道，不是吗？因为他不可能告诉我们。"

金双手抱胸，仿佛认为他已经为这件事做了最后的脚注。然而，事实上却不尽然。

因为就在这一刻，小脸决定开始说话了。

"我爱布丽。"小男孩说，义正词严犹如一关之主在宣布开战，"我爱布丽，布丽爱我。"

这句话便把问题全解决了。

第二十八章

他们在苹果树上找到我们

小脸并没有因此而变成一个话匣子,他的话还是不多,只有在重要时刻,而他无法用其他方式表达时,他才会开口。布丽说"小脸"这个名字不好,等他再大一点时,会帮他取个真正的名字。金多半时候都置身事外,但我发现他也开始把小脸当成自己亲生的孩子。所以,假如他们能想出打破规矩的方法,说不定事情终有圆满解决的一天。

我和豆豆、莱特花了许多时间待在户外,我们发现这个世界上最酷的一件事,就是光脚走在草地上。漫步在草地上,有点痒痒的、软软的,有时还有踩在活生生的东西上的感觉，虽然那只不过是从地面长出的青翠欲滴的东西。豆豆说她从没见过这么美丽的东西，除了绿草以外，她还喜欢鲜花和树木，以及湛蓝的天空。

"他们创建伊甸以前就有这些东西吗？"她问。

"啊，是的，我想是的。"莱特说，"听说大地震以前，厄布中央也有树木，还有绿草和鲜花。"

豆豆笑笑，摇头，她心想这也许又是过去的传说，不过她基于礼貌，没有说出来。

依我看，发生在豆豆身上的奇迹，远比长在外面地上的东西更神奇。她的皮肤已经不再苍白，她不仅能跑，能跳，甚至能推动推车，而推车是她打从五岁以后就无法再做的事。

"我是全新的。"她得意地说，"全新的，而且是改良过的。"

"可别给普鲁人听到你这句话，"我警告她，"他们认为自己才是唯一改良过的人种。"

我们正在散步，我们三人，沿着他们所谓的"小溪"散步。小溪和河流一样，不过比河流略小，如果你把光脚泡在溪水中，清凉的水会让你感觉很舒服。虽然把脚泡在溪水中一阵子后，皮肤会开始变皱，但莱特说他把他的老脚泡在溪水中，感觉变年轻了。

"为什么你老是说你老了呢？"豆豆问他。

"因为我真的老了。"莱特说，"我并不在乎'老'，我只是担心没有足够的时间完成我的书。"

豆豆懂事地点头，好像她早已知道这个答案。"可是，它真的会有完成的一天吗？"她问，"我以为这本书说的是你一生的故事，只有当你生命结束时，它才跟着结束，可是它又不会真的结束，因为人们会读到它，记得它，所以从这方面来说，你是永生的。"

起初我以为他会反驳，但一会儿之后，他的微笑逐渐在他那老脸上挤出皱纹。"谢谢你，豆豆。"他说着，拍拍她的手。

"为什么？"

"因为你提醒我为什么我是一个作家。"

有一天，当我和豆豆在爬苹果树时，他们找上了我们。苹果是一种非常美味的食物，的的确确是长在树上的，而且自己亲手摘的苹果最好吃，当然，如果是你最要好的朋友摘给你，那会更好吃。

豆豆在我们那棵树上发现一个最好的苹果，便摘下来递给我。"你知道吃第一口的滋味像什么吗？"她问。

"不知道，像什么啊？"

"像蓝色的天空。"

"你疯了。"

"你吃过蓝色的天空？"

"没有。"我承认。

"那找个机会试试看。"她说，"它有苹果的香味。"

当豆豆突发奇想时，你是无法和她讲道理的，所以我懒得多说，何况我也很喜欢她这个说法。我甚至想，如果我们能一直待在树上不下来，那不是很酷吗？这个想法至少和"天空的滋味像苹果"一样疯狂。

我们在树上大口啃着苹果，天南地北地聊着，聊我们小时候的事，查理说过的一些无聊的事，我被驱逐以后的事，我和莱特与小脸一起出来探险，还有输水管道内的老鼠等等。只有一件事不谈：一旦我们必须返回厄布以后的事。我们想都不愿意去想，更别提去谈它，因为一旦你两脚踩在草地上，又尝过蓝天的滋味后，你绝不会想再回到厄布。

我们数着从头顶上飘过的云朵。起初我们以为那是许多云朵之一，从它在天空飘浮的模样来看。但是那个东西越来越接近，看起来像一辆没有武器装备的太空车，可是又不像太空车，它无声无息的，从空中掠过时只发出轻柔的嘶嘶声。

后来我发现它是一种飞天车,是利用一种磁悬浮原理产生动力的飞行器。我心想,也许拉娜雅安排让我们坐着去兜风,让我们从空中鸟瞰伊甸。结果完全不是这么回事,而且差远了。

这架飞天车轻巧地停在苹果树下,飘浮在草地上,舱门打开,出来两个普鲁人,都是那种体型高大的肌肉男,而且也不像一般普鲁人那样穿白色的长袍,他们穿着保安警卫似的制服——他们是执法人员。

他们站在苹果树下,抬头看我,其中一人说:"你就是那个叫憨头的普通人吗?"

"是的。"

"大师们要传唤你和你的同伴,你们必须立刻动身。"

显然,他们不相信我们会服从命令,因为当我和豆豆从树上爬下来时,他们立刻为我们戴上手铐,把我们带走,仿佛我们是罪犯。

后来证明我们果然是罪犯。

第二十九章

向伊甸说再见

于是我们坐上了飞天车，但是一点也不好玩。执法人员把我们推进车内看不见任何风景的一个角落，而且当豆豆开始抱怨时，他们还说："安静！"那种态度使我的胃为之一紧，于是我们一路上都沉默不语。

"那里"是一个叫"体育场"的地方，但是和厄布的古老体育场废墟完全不同。厄布的体育场是一堆庞大的钢筋水泥断垣残壁，这里的体育场很小，弧形的丘陵地使它看上去像被一支巨大的汤匙挖空了似的。我们抵达时，碧绿的山坡上已经坐满了人——当然是普鲁人——执法人员告诉我们,他们和我们一样,也是被传唤来的。

"那他们也都是戴着手铐来的吗?"我问。其中一名执法人员看我一眼,好像我是某种会说话的动物一样,不值得答复。

执法人员解开手铐,豆豆和我跌跌撞撞地走进山坡下一个平坦的黑色圈圈内,我们脚下的地面打磨得像一面黑色的镜子,但是脚下不会打滑。

莱特已经在黑色圈圈内等候我们,他握着他的手杖,身上穿着一件新的白长袍,挺直站着。他的白胡子在微风中飘动,他的表情坚定凛然、傲气十足,同时也显得更加苍老。

"不要离开圈圈!"他警告我们,"四周都充电了,会被电着。"

"莱特!"我说,"这是怎么回事?"

莱特抬头注视着四周的普鲁人,山坡上几乎座无虚席。奇怪的是,在此之前,我们在同一时间同一地点见过的普鲁人最多不超过五六个,这时候却有数以千计的普鲁人在眼前。我们听到他们彼此都在低声交谈,而且几乎可以感觉到成千上万的普鲁人眼光都集中在我们身上,想知道我们是什么人,又是怎么能进入伊甸的。

"怎么回事？大审之日吧，"莱特说，"大约是审判，我想。"

"审判？什么是审判？"

"从前留下来的。"莱特解释，"假如你破坏规矩，它就要决定该如何惩罚你。"

厄布的每一关关主都会做这种决定，但因他们各有各的规矩，通常是在你违规了之后你才会知道，那时就太迟了。

"这里有不同的执法方式，"莱特说，"他们来找我时，金有对我解说。好像是我们被查到违反普通人不得进入伊甸的规定，显然大部分普鲁人认为我们应该被驱逐出境，而且越快越好。但在判决之前，全体伊甸居民必须出席听证，表达意见，然后由大师们做最后的定夺。"

"那个男孩呢？"豆豆问，焦急地四下张望，"小脸呢？"

"躲起来了。"莱特低声说，并示意我们不要再提起他。

原来布丽没有放弃要养育他的诺言，这使我更加深了对她的好感。

"那拉娜雅呢？"我问。

"她也有麻烦了。"莱特说，"她必须回答大师们的讯问。"

现场的普鲁人这时都安静下来，体育场忽然鸦雀无声，他们都一致注视着我们背后。我转头过去,刚好看到这一幕。

就在我们身后,一座小山缓缓从地面出现。

真的,它看起来就是这个样子。一片草皮像盖子似的掀开,接着一个圆形的平台从地面上升,那个平台看上去和我们脚下的黑色镜面相似,但它一边上升一边改变形状,等它完全伸展并离开地面后,平台又慢慢旋转,直到面对体育场。

七位伊甸的大师就坐在平台上的透明宝座上,不用说我也知道他们是什么人,他们不需要开口,不需要做出任何威严的样子,自然便散发出一股权威的力量。

这些大师有的很年轻,但七人中至少有四人已经很老了,他们不像莱特那样显得老态龙钟,皮肤皱巴巴的,牙齿几乎掉光了,但从他们衰老的外表还是明显看得出高龄。虽然这样,他们看上去也还是完美无瑕的样子,仿佛岁月更深化了他们活着的意义。

站在他们面前,美丽、愤怒但是始终毫不畏惧的人,是我们的朋友拉娜雅。我试着引起她的注意,但她似乎有意避开我的眼光,似乎不想分心。

最年长的大师从她的透明宝座上站起来,用一根长长的黑色手杖敲击着地板。

"未来的大师拉娜雅,你被指控带普通人进入伊甸,你作何解释?"

拉娜雅面对着山坡,仿佛她要响应坐在山坡上的人群,而不只是几位大师。

"你作何解释?"长老大师重复说道。

拉娜雅深吸一口气,用一种可以传到体育场尽头的音量说:"我的解释是,如果救命是违规的话,那么这种规定就应该改变!"

长老大师不耐烦地敲击她的手杖,"解释清楚。"她下令。

"他们救过我,所以我也协助挽救他们其中的一个人。"

"把你的故事详细地说出来,"长老大师督促她,"不要叫我们一点一点地追问。"

拉娜雅对长老大师鞠躬,"谢谢你,莱拉大师,我知道你对我特别感兴趣,因为将来有一天我会坐上你现在的位子,听你此刻要听的证词。我只盼我能像你一样有优良的政绩。"

"少给我灌迷汤,孩子。"老普鲁人斥道,"我太老了,不容易被人灌迷汤,即使是像你这样美丽、有口才的人,所以你还是好好说吧。"

拉娜雅笑笑，再次鞠躬。"对不起，那我就开始告诉你和在场的所有人。"她说着，一手伸向聚集的普鲁人，"我曾经多次越过禁区，进入厄布，有时去做生意，和在座的一部分人一样，但多半时候我是去研究住在那里的人，那些没有经过基因改良的人，也就是我们现在所称的'普通人'。"

群众立刻出现嗡嗡的耳语和交谈，我发现有些人在摇头、皱眉表示不赞同。

"各位都知道，这样的旅行是危险的，理由很简单，"拉娜雅说，"厄布这个地方危机四伏，随处可见悲剧、疾病和有毒的废气，但最大的危险还是无知。我说的不只是普通人的无知，还有我们自己的无知。我们鄙视'普通人'，但是普通人并不因为我们明显的'完美'而鄙视我们。"

她顿了一下，大概是想让这句话沉淀一下，但我发现没有几个普鲁人点头表示赞同。

"最近，厄布又出现了新的危机。"她接下去说，一边踱着步子，"有一些关的关主不再领导百姓，地方上变成无政府状态，民众失控，烧杀掳掠。为什么这些领导人会失败呢？是因为我们供应他们大脑探针！"

莱拉大师的手杖用力一敲，"你有证据证明这种违反禁令的行为吗？"她问，一双历尽沧桑的眼睛炯炯有神。

"有。"拉娜雅说,"大脑探针在伊甸早已是违禁品,因为我们了解它的危险,然而却有一些人在鼓动厄布人使用探针。起初我不明白为什么会这样,后来是各位现在眼前所见的这位普通人,为我解说了真相。"

她指着莱特,他微微向她点头致意。

"这位老先生也许没有得到基因改良的益处,但他知识渊博。他知道伊甸有人希望见到普通人被毁灭,那么还有什么办法比鼓动他们使用大脑探针来自我毁灭更高明呢?"

山坡上有许多人站起来,有的在大声喊叫,但我听不清他们在说什么。

莱拉再次敲击手杖,全体人员立即安静下来。

"我们会调查。"她说,她的声音犹如古老的钟声那样清晰。"如果你所说的属实,我们会采取适当的行动。但这和把普通人带进伊甸有什么关系?它和你获救,以及你拯救他们其中之一又有什么关系?"

拉娜雅叙述她如何在分发食物给饥饿的暴民时,暴民将她的太空车团团包围。她又提到莱特如何自己冒着生命危险分散乱民的注意力帮她脱险。然后她指着我,"还有,这个普通人,一个没有父母的孩子,一个被最底层社会的人所抛弃的孩子，他甘冒生命危险，不但为了救我，还要救他垂死的妹妹。当我得知，她唯一可能获救的机会是这里时，我怎能不带她来？"

现场的普鲁人传出一点赞同的耳语声，但是不多。

"各位可以看到，她很容易就被我们的技术治好了，我们的科技几乎可以拯救厄布境内流行的各种疾病，但我们却袖手旁观！我们眼睁睁地看着他们生病、死亡；我们眼睁睁看着他们挨饿；我们眼睁睁看着他们居住的关毁于大火。这样做对吗？合适吗？我说不！我说我们要记住这些我们称为'普通人'的人其实和我们没有两样！"

山坡上的群众一阵骚动，拉娜雅说得太过火了。"看他们！"有人大声喊道，"他们长得多丑！他们面目可憎！他们的样子多蠢！他们是普通人！"

拉娜雅等到喊叫声平息下来，这才举起一只手指着她自己美丽的脸庞，"我们是用这个来自我评断的吗？用我们这张美丽的脸？用这个完美无瑕的鼻子？细致的耳朵？光泽的头发？难道第一位工程师冒生命危险改善我们生存的机会，为的是这些？"

群众又发出叫嚣："不要忘了头脑，拉娜雅！我们也更聪明！"

拉娜雅现出笑容，仿佛这正是她想引发的答案。"更聪明？这是我们之所以成为普鲁人的原因吗？"

"是的！"群众齐声大喊，"是的！"

莱拉又重击她的手杖。"让她说下去！"她高声说。

拉娜雅向这位德高望重的大师一鞠躬表示感谢。"现在谈到智力的问题，"她说，"正因为我们都相信我们比任何普通人都聪明，所以我们更容易妄称他们不像我们一样，不是真正的人类。但是，如果我告诉各位，一个普通人，一个八岁的小女孩，在短短不到一个小时内便学会下棋，同时还击败了伊甸的下棋高手呢？"

全场爆出不可置信的呼声，他们认为一个来自厄布的女孩不可能比伊甸出生的男人更聪明。

"想想看，各位！"拉娜雅抬高音量，盖过难以置信的怒吼，"我们是从哪里来的？我们的基因密码相同！我们都是人类！我们都来自同一个地方，都是厄布的孩子！有些厄布的孩子甚至不需要改良！他们已经是聪明人！已经很有智慧！已经具有天赋！即使不谈别的，他们天生就具备无畏的勇气！"

"不！"群众怒吼，"不！"

"是的！"拉娜雅大声说，高举握拳的双手，然后她指着我和豆豆,"是的!让这两个年轻的普通人留在伊甸生活,利用我们的资源,他们的表现绝对不止下棋赢过我们!他们会教我们怎样才算是真正的人类!因为他们经历过各位没有经历的艰难困苦:他们历尽千辛万苦,为的只是求生存!"

"不!"群众大喊,"不!"

"是的!"拉娜雅也大喊。她指着莱特,"看到这位老人没有?他的岁数只有你们一部分人的一半,但他比在座任何一个人更有勇气,更具想象力!他不得不这样,因为他要生存!让他来教导我们!让他来告诉我们他的经历!让他把他的所见所闻写下来,让世人知道伊甸的孩子已经打开乐园的大门!"

群众的怒吼声将她的声音淹没,长老大师用力敲击她的黑色手杖,体育场终于慢慢安静下来。"同意的留下!"莱拉说,"反对的离开。"

成千上万普鲁人迅速离开山坡,不久,山坡上已经空无一人,只留下一片青翠。

拉娜雅望着逐渐消失的人潮,似乎无法相信她的眼睛。"各位大师,"最后她降低音量说,"你们意下如何?"

大师们平静地互相交谈了几分钟,偶尔朝我们三人的方向看一眼,但他们完美无瑕的脸上并未透露出任何信息。

等他们讨论完毕,莱拉用她的手杖敲三下,缓步走到台前。"拉娜雅,你的演说很精彩。"她说,"等你有朝一日成为大师时,情况也许会有所改变,但是现在,规矩还是规矩,伊甸也还是伊甸,大师们已经表决了。"

说完,她转身走开了。

第三十章

喷气式脚踏车的声音

　　五个钟头后,我和莱特回到收纳箱,"伊甸"已成为梦醒后就立即销声匿迹的过眼烟云。事情的演变之快,我们甚至没有机会向拉娜雅道谢,感谢她拯救豆豆和她为我们所做的一切。因为长老大师的手杖敲三下后,执法人员立刻将我们推进一辆太空车,连说一声"普鲁人永远是获胜的一方"都来不及,我们已经往禁区疾驶而去。

　　第一站是豆豆居住的那一关,他们也不允许我出去和她道别。豆豆只能匆匆在我脸上亲一下,并在我耳边小声说:"就算我必须亲自走一趟输水管道,我也一定要和你再相会。"说完她便下车了,太空车迅速升空,又回到禁区。我们从禁区进入比利·毕兹莫的领地,普鲁人建造的华丽太空车直接将我们送到一切的起点——收纳箱。

"家,温馨的家!"莱特见到我第一次去抄他的破烂小房间时脱口而出。奇怪的是,他不像在开玩笑,他真的很高兴能回到他的破收纳箱。

"我告诉你,我大可在伊甸安享晚年,过着奢华的生活,时时刻刻笑口常开,可是谁来完成我的书呢?"他说,"嗯?如果日子过得太舒适,如果整天无所事事,只是把一双老脚泡在清凉的溪水中,那又有什么好写的呢?作家就是需要挑战,他们必须挣扎,必须战斗。"

他边说边望着我。我正蹲坐在墙角,背靠着墙,下巴顶着膝盖。窄小的收纳箱几乎是空空荡荡的,除了他用来当桌子的板条箱,和那一堆他称作"书"的厚厚的纸张以外,几乎没有别的东西。这个地方有股腐朽的味道,我讨厌这种味道。整个厄布到处弥漫着腐朽的霉味,令人生厌。

莱特看出我的心事,颤巍巍地在我身旁坐下。他若有所思地摸摸他花白的胡须,说:"别让阴暗的情绪淹没你,孩子,想想你的成就,你要救你妹妹,你救了,其他都不重要,不如把它看成你永生难忘的经验。你不是看到湛蓝的天空和碧绿的草地吗?那湛蓝的天空就在你心底,孩子!它永远在那里!不可能磨灭!"

我唉声叹气,把脸埋在掌心。"是吗?"我喃喃地说,"要是我想忘了这一切呢?记住了又能怎么样呢?"

"又能怎么样呢?"他诧异地问,"你疯了吗,孩子?"

"太不公平了!"

"我可要提醒你,豆豆活下来了,小脸找到归宿了,这样还不公平吗?"他问,"还不公平吗?"

"不公平!"

"那你只好学会习惯它。你必须记得过去,因为它把你带到这里,带到现在、今天、此时此刻,然后你才能去展望未来——美好的未来。我是没有机会看到那个未来了,但是你有。"

"你还没那么老,"我说,"所以不要老是提死啊死的,行吗?"

莱特枯瘦的手压在我肩上,平静地说:"我死不是因为年纪大了,孩子。"

"你在说什么?"

他叹口气,看得出他对这件事早已有了预见。他试着向我解释:"大凡出了事情,第一个怪罪的一定是外人,而作家通常扮演外人的角色，从前是这样，现在也还是这样，因为我是这个世界上仅存的作家。"

我望着他，忽然觉得喉咙好像被什么东西哽住了。"可是，为什么呢？为什么会有人在乎一堆破纸？既然没有人读书，他们又何必在乎你写的东西？"

他耸耸肩。"好歹总强过不在乎吧。"他说，"我没有答案，孩子，从来都没有答案，我只会不断地提出问题，试着为人们的所作所为作出一个合理的解释。"

"是吗？那我倒希望我没有被生下来。"

"真的吗？"他问，很好奇的样子，"为什么？"

"因为比利·毕兹莫将会使我痛不欲生，一定会的，因为我破坏了他无聊的规矩。"

"啊。"莱特说。他靠过来，低缓苍老的声音仿佛充满智慧，"你不用怕比利·毕兹莫，孩子，永远都不需要害怕。"

"哦，是吗？为什么？"

他好奇地望着我，"你还没想明白吗？"

"明白什么？"

"为什么他会对你特别感兴趣。"

我不明白他在说什么，一点也摸不着头绪，比利·毕兹莫对我的兴趣绝对不比他的其他私有资产多，奢侈品、大脑探针、武器、战士、憨头小子等等，都一样，我们都是他的附属品，和他关内的其他东西没有两样儿。

"好好睡一觉吧。"莱特建议，"明天早上一切都会好起来的。"

是的，不错，我的养母凯依过去就常说这句话，当时听起来很愚蠢，现在听着依然觉得愚蠢，睡一觉起来事情从不见好起来过。怎么可能会好起来，当一切都仍维持原样时？但我懒得多想了，更懒得去回忆任何事，很快地，我开始打瞌睡，不久便睡着了，忽忽悠悠地飘入黑暗中。

"放轻松。"一个苍老的声音在我耳边说，"放轻松。"

几个钟头之后我醒来，黑暗中传来怒吼声。

喷射引擎的声音朝着我们这个方向过来，我心里明白它们是冲着我们来的。

第三十一章

恐惧本身

关内的大火正在燃烧，我们从收纳箱的最高处看见被火光照亮的地平线上，升起了直冲云霄的滚滚浓烟，那景象看上去仿佛黑夜中张大的愤怒的嘴巴。

喷气式脚踏车宛如猛烈的酸雨般怒吼，声音越来越近。另外还有一种声音，一种高频率的呻吟声跟在喷气式脚踏车后面，噢噢噢啊啊啊……噢噢噢啊啊啊……像狂乱的阴风似的。

莱特站在我身边，说道："天崩地裂，世界失去了控制；无人管理已然降临这个世界。"说完，他又喃喃自语，仿佛忽然想起什么重要的事,"这句话出自一首诗,"他解释说,"叶芝的诗,诗人早已被人遗忘了,但他的一些诗句倒是流传了下来。这些年来我一直以为我懂得它的含义,原来我错了,直到现在我才真正懂得。"

"咱们最好赶紧跑,"我急切地对他说,"他们冲着我们来了。"

"他们当然是冲着我们来了。"他说,有点像在自言自语。

黑夜在他的蓝灰色眼睛中燃烧,我拉他的衣袖,"走啊!"

他轻轻地摆脱我的手,"嘘——"他说,"没什么好怕的。"

"你在说什么?"我问。

"除了恐惧本身,其他都没什么好怕的。"他说,"这是另外一首诗中的句子,还是一篇演讲?记不得了。"

"莱特,咱们得赶快离开这里!"

他转向我,只见他脸上呈现出一片平和与异样的活力。"听我说,孩子,我逃避的日子到头了,如果我再逃走,别人就会遭殃。"

"你疯了!"我大声说,"来啊,你这个笨老头!我们可以从输水管道逃走!他们找不到我们。让他们把整个关烧个一干二净好了，关我们什么事！我们不停地逃！我们可以到处探险，你也可以把我们的经历写在你的书里！"

"嘘——"莱特说，"嘘——"

喷气式脚踏车忽然冲进收纳箱，愤怒的呼啸响彻云霄，头灯像激光灯似的照亮天空，住在附近的婴儿被吓得开始啼哭。

完了，我心想，完了，完了！

至少有一百辆喷气式脚踏车玩儿命疾驰，骑车的人鬼哭神嚎，他们仿佛就要冲进收纳箱，一群像我们在猛哥那一关见到的乱民，像野兽而不像人类的乱民，尖声嚎叫着，见什么毁什么。

他们看见莱特高高立在收纳箱顶上，便高声呐喊："拖他！拖他！"

不要，我心想，不要，但我无能为力，我没办法制止这股源源不断冲过来的愤怒的、失去理智的人潮，一股挥舞着拳头、龇牙咧嘴、眼神空洞的人潮。

"救救我的书！"当无数只手抓住莱特，把他淹没在乱民群中时，他大声对我说。

我冲过去抢救那些纸张，真的，我在火光耀眼的黑暗中爬进他的收纳箱,收集他那堆还没来得及装订成册的纸张,想把它们全部塞进我的衬衫里面,贴着我的心脏。可是那些纸张实在太多了,有些甚至散开来,像伊甸的落叶似的飘走了。

一张张茫然的脸因狂喜而发亮,他们看出我的恐惧,一把抢过那些纸,转眼撕成碎片,塞进他们的血盆大口,一边尖叫,"拖他!拖他!拖他!",然后,几双手一齐扯开我的衬衫,抢走莱特那本书仅剩的几页纸,投入他们随身携带的火把中。

那些纸开始燃烧,燃烧,燃烧。

"不!"我在哭喊,"不要!"但他们不听,他们听不见,他们不知道应该做什么。几双手抓住我,将我抬走扔在地上。我吐出嘴巴里的沙子,拼命地做深呼吸,却听到有人叫我的名字。

"憨头小子!是你吗?"

我翻过身,抬头一看,是比利·毕兹莫。

"快叫他们住手!"我求他,"他只是个老人!"

比利挥动手上的武器,乱民往后退开几英尺,让他靠近我。开始我以为他要袭击我,结果不是,他是过来和我说话。

"我帮不上忙,憨头小子。是那些普鲁人执法者带你们回来的?他们动了手脚,所有大脑探针都失灵了。"

"什么?"我惊呼。

"一切都毁了,大脑探针失灵了。"

这下我明白了,为什么关内会燃烧,为什么喷气式脚踏车会冲过来,因为探针被摧毁了,他们必须找个人来顶罪。又因为我们曾经和普鲁人在一起,所以他们认为肯定是我们的错。

"拖他!"乱民又呐喊,"拖他!"

他们找来一条绳子绑在莱特的腰上,他没有挣扎也没有哭喊,从他的眼神看来,仿佛他早已远离这里,去了一个干净、祥和、平静的地方,一个天空是湛蓝色的地方。

"莱特!"我大声喊他,但他听不见我的声音,也看不见我。

我又哀求比利·毕兹莫,"你是关主,你可以制止他们!"

比利做了一件怪异的事,他伸手摸我的脸颊,"抱歉,孩子,没有人能制止一群渴求血腥的乱民,连我也不能。"

"你连试都没试!"

"我已经尽力了，憨头小子，他们本来也要怪你的，是我坚持错在那个老人的。"

"可是，为什么？为什么是他，而不是我？"

比利摇头，仿佛不敢相信我会这么蠢，"因为你是我儿子。"他叹息着说。

第三十二章

宇宙最后一本书

你是我儿子。

这句话仿佛五雷轰顶,把我整个人从上到下、从里到外震得晕晕乎乎的。我不知道我的名字,不知道我是谁,我什么都不知道。我只知道,我从比利·毕兹莫身边跑开,冲进暴民群中,奋力去救那个老人,一面大声叫他们住手,这不是他的错,请你们住手!

部分群众让开来,我看到眼前的一幕。他们把绳索的一端绑在一辆喷气式脚踏车后面,莱特手上抓着另一端绳索,努力跟上脚步。

我想叫他，但出不了声。他们拖着他绕着收纳箱跑，我只能跟在后面。乱民狂喊："拖他！拖他！"但喷气式脚踏车不慌不忙地绕圈子。

来自厄布各地区的人群都汇集到一面，来看他们怎样折磨这个老人。因为之前发生的所有坏事情，他们要惩罚莱特。我从他们脸上看出比利的话是对的，谁也无法制止他们。

有一两次我试着抓住莱特，想解开他身上的绳索，但那些抓住莱特的人不断将我推开，他们觉得好笑，我竟想去拯救一个即将从这里彻底消失的人，因此我的举动被他们当成了游戏的一部分。他们的眼神冷酷，因为他们毫无感情，如果我稍不小心，也会被他们给拴到一辆车后面去的。

我才不在乎。

"不要冒险！"当我采取行动时，莱特冷冷地警告我，"你是我唯一的希望！"

"可是他们把你的书烧了！"我哭着说，跟在后面跑，"你的书！他们把它撕破烧了！我去抢救，但是没办法制止他们。"莱特回头看我，含着微笑说："那些纸不算什么，"他说，"你才是宇宙的最后一本书！好好写啊！"

那些人终于玩腻了,决定结束游戏。他们用力发动引擎,绳索猛力地拉扯莱特,他终于倒地,瘦弱的身躯滚动着,离我越来越远,越来越远,之后永远地消失了。

我只记得我跟在喷气式脚踏车后面跑,然后我的鼻端又一次出现闪电的味道,大雷电过后那种干净的带电的味道,然后我眼前一黑,就什么都不知道了。

第三十三章

不再憨头

等我再次醒来的时候,那些乱民早已散去,大火也扑灭了。整座关感觉空空荡荡的,但我看得出有人躲在暗处,静候安全时刻再次来临——在此事件发生之前厄布的安全时刻。

我想过逃走,想过沿着输水管道逃到世界的尽头,但我又想到莱特的话,于是我回到他的收纳箱。里面已空无一物,连一张小纸片都没留下。我又走回空空荡荡的街道,两旁的建筑看起来似乎比白天更加高耸。我走过被火烧光、还在冒着烟的建筑,还有连老鼠也逃得无影无踪的废墟。我一直走,不停地走,直到发现自己来到克里普斯,那些乱民居住的水泥碉堡。我回到自己的小窝,坐下来看 3D 影片,努力不去回忆;瞪着墙壁,努力不去回忆;睡觉,努力不去回忆。

可是没有用,我依然不断地回忆。

有人来找过我,说比利·毕兹莫想见我,我说算了吧。然后有一天,比利亲自上门,告诉我我的母亲在生我的时候因难产而死,他把我交给一个家庭抚养。因为跟着一个关主爸爸成长不是件好事,他希望将来有一天我能理解,并且明白所有的一切。

"我明白,我永远都不会像你那样。"我冷冷地说。他听后走开了,只留下我一个人。

那天稍微晚些时候,我做了一件奇怪的事。我去了典当市场,在一堆盖满灰尘的电子旧货里,找到了这个古老的语音输入机。它必须插上许多小零件以后才能使用,但基本上你从一头说话,字就从另一头跑出来。我就这样开始叙述老莱特的事迹,以及他告诉我的一切事情,他如何帮助我闯关,还有拯救豆豆等等。慢慢地,我终于琢磨出他说我是宇宙最后一本书的深意。

现在他们也叫我莱特,就像他们叫他那样。

然后有一天,我从黑暗中醒来,立刻就知道屋里有人。

"是谁?"我对着黑暗说。

从黑暗处传来一个声音,"我没有来过,我们没见过面,懂吗?我只是一条消息。"

"什么消息?"

"从伊甸来的消息,"那声音就像从清朗的天空吹来的风。"你认识的一个人说'巧克力!',还有'不要忘了我!',又说'谢谢你!',以及许多感谢的话,说他一天天长大,大家都像爱护自己的孩子一样爱护他。千万不要沮丧,我的朋友,今天属于他们那些人,但未来属于我们。"

那声音消失了很久,拉娜雅的消息依旧在我脑海中回响着,特别是最后一句"未来属于我们"。

是的,我心想,是的。同时我也将它写下来,是的,是的,是的。

图书在版编目（CIP）数据

宇宙最后一本书 /（美）菲尔布里克著；林静华译. —昆明：晨光出版社，2013.10（2025.8重印）
ISBN 978-7-5414-6071-5

Ⅰ.①宇… Ⅱ.①菲… ②林… Ⅲ.①儿童文学－中篇小说－美国－现代 Ⅳ.①I712.84

中国版本图书馆CIP数据核字（2013）第228597号

THE LAST BOOK IN THE UNIVERSE
Copyright © 2000 by Rodman Philbrick. All rights reserved. Published by arrangement with Scholastic Inc., 557 Broadway, New York, NY 10012, USA.

本书中文简体版由学者出版社〔美〕授权云南晨光出版社有限责任公司独家出版。未经出版者许可，任何单位或个人不得以任何方式复制、摘录或抄袭本书中的任何内容。

著作权合同登记号 图字：23-2013-079

YU ZHOU ZUI HOU YI BEN SHU

宇宙最后一本书

出 版 人　杨旭恒

作　　者	〔美〕罗德曼·菲尔布里克
翻　　译	林静华
绘　　画	李广宇
项目策划	禹田文化
责任编辑	杨亚玲
版权编辑	杨　娜
美术编辑	刘　璐
封面设计	萝　卜
版式设计	刘　璐
内文排版	呼世阳

出　　版	晨光出版社
地　　址	昆明市环城西路609号新闻出版大楼
邮　　编	650034
发行电话	（010）88356856　88356858
印　　刷	北京润田金辉印刷有限公司
经　　销	各地新华书店
版　　次	2013年10月第1版
印　　次	2025年8月第29次印刷
开　　本	145mm×210mm　32开
印　　张	7.5
ISBN	978-7-5414-6071-5
字　　数	121千
定　　价	22.00元

退换声明：若有印刷质量问题，请及时和销售部门（010-88356856）联系退换。